FUNAMBULE

20 ans autour des auteurs

COLLECTIF

© collectif, 2024
Édition : BoD • Books on Demand GmbH, In de Tarpen 42,
22848 Norderstedt (Allemagne)
Impression : Libri Plureos GmbH, Friedensallee 273,
22763 Hamburg (Allemagne)
ISBN : 978-2-3225-5560-4
Dépôt légal : Août 2024

Infographie : Pierre Mourlevat
epic3@wanadoo.fr – 06 62 83 41 13

© La Voix Domitienne
www.lavoixdomitienne.com – ed.lavoixdomitienne@orange.fr

ADA - www.autourdesauteurs.fr

Couverture et illustrations : peintures de Jacki Maréchal
(voir en fin d'ouvrage)

Sommaire

Un écrivain, c'est un inventeur. Il doit être capable de recréer totalement un univers à lui.

Anthony Burgess

Les écrivains ont en commun avec les tyrans de plier le monde à leur désir.

Yasmina Reza

L'écrivain est celui qui cherche autant en lui qu'en les autres.

Antonio Soler

Qu'est-ce qu'un livre ? Une suite de petits signes. Rien de plus. C'est au lecteur de tirer lui-même les formes, les couleurs et les sentiments auxquels ces signes correspondent.

Anatole France

Ce n'est pas tant ce qu'on dit qui fait la valeur d'un livre que tout ce que l'on n'y peut dire, tout ce que l'on voudrait y dire, qui l'alimente sourdement.

André Gide

En lisant un livre, on ne doit pas chercher à s'évader mais, au contraire, à se retrouver, quand ce n'est pas à se trouver.

René Pons

20 ans autour des auteurs

Avant-propos

20 ans !...

Vingt années d'existence, pour une association composée de bénévoles, cela représente un joli bail et, déjà, dans un monde aussi pressé et versatile, une vraie performance ! En tout cas une date qu'il était impossible de ne pas marquer.

C'est le 30 avril 2004, sur la place de la Comédie, *à Montpellier,* que sept auteurs se réunirent au premier étage du café du Théâtre afin d'envisager la création d'une association. Étaient présents Lilian Bathelot, Michel Crespy, Serguei Dounovetz, Bernard Pasobrola, Marie-Jeanne Perez, Joëlle Wintrebert et Francis Zamponi. Il n'existait alors aucune structure rassemblant spécifiquement les auteurs, et par ailleurs le Centre régional des Lettres venait d'être dissous par Georges Frêche. Cette association, ils la voyaient comme une passerelle entre les écrivains et les traducteurs professionnels de la région. Elle leur permettrait de se constituer en réseau, d'échanger des informations, de donner une meilleure visibilité à leurs œuvres, et surtout de défendre leur statut et leurs intérêts matériels et moraux auprès des collectivités locales et des instances nationales. Ainsi fut créée *Autour des Auteurs en Occitanie,* qui s'est d'abord appelée *Autour des Auteurs,* quand elle ne rassemblait encore que des créateurs du Languedoc-Roussillon.

Au cours de l'Assemblée générale de 2024, Joëlle Wintrebert a rappelé cet anniversaire et s'est interrogée sur l'opportunité de proposer un événement à cette occasion.

Voilà comment est née l'idée de ce livre, une évidence pour une association d'auteurs et d'autrices. Il a paru tout aussi évident de manifester le temps qui passe et le talent de ses membres en puisant dans l'extraordinaire banque de création littéraire que constitue la revue numérique *Funambule.*

Entre mars 2007 et septembre 2014, trente-six numéros avaient été publiés sur le site Internet de l'association. Le *blog* permanent du site accueille désormais les informations générales indispensables aux auteurs ainsi que quelques articles de circonstance, lesquels instituent un lien d'information puissant entre les adhérents.

Mandatée par son président, Francis Zamponi, et par le bureau de l'association, une équipe de quatre *adaïstes* a accepté de piloter le projet : Raymond Alcovère, Hervé Pijac, Françoise Renaud et Joëlle Wintrebert.

« 20 ans Autour des Auteurs, FUNAMBULE » est le résultat de ce travail.

Ce livre propose une compilation de textes écrits par des auteurs dont beaucoup sont encore adhérents aujourd'hui, ainsi que par des auteurs extérieurs à ADA. Il représente forcément *un choix*, même si nous avons essayé de diversifier les contributions sans pouvoir éviter la récurrence de certaines signatures, notamment celles des membres du comité de rédaction publiés au *fil* des années, sur le *fil* du funambule.

« *Perchés sur une ligne de couleur, les auteurs avancent entre deux marges. Funambules, leur rêve est vertigineux : il faut finir la ligne, la sublimer et puis tout recommencer.* »

L'équipe de pilotage

Place à la littérature, c'est là notre aspiration.

Oui, nous désirons cette page — longue et diverse — pareille à un rivage qui révèlerait ses anses à celui qui l'explore, offrirait ses vagues murmurantes ou fracassantes, ses menus trésors repoussés ci et là à la frange du ressac. Comme une liberté d'avancer à tout moment. Ou de reculer, saisissant au vol ce qui touche puis l'abandonnant, poussant plus loin son pas. Donc place aux mots, aux textes brefs : inédits — résonances selon nos caractères —, chroniques à propos de livres oubliés ou récents, entretiens, états de la vie du livre, tout ce qui s'approchera de cet acte d'écrire qui retient le temps, modifie le regard — peut-être rend un peu moins barbare —, textes issus des adhérents d'Autour des Auteurs ou d'ailleurs.

Quelques images aussi, nouvelles et porteuses d'émotion. Plus tard du son, des chansons, on verra ce qui arrivera. Le tout sera bousculé chaque mois dans la mesure du possible et l'équipe renouvelée au fil de la route afin de susciter d'autres envies, rendre compte au mieux de nos humeurs à être au monde en ces instants, passé présent avenir emboîtés.

Édito FUNAMBULE n°1, Françoise Renaud, mars 2007

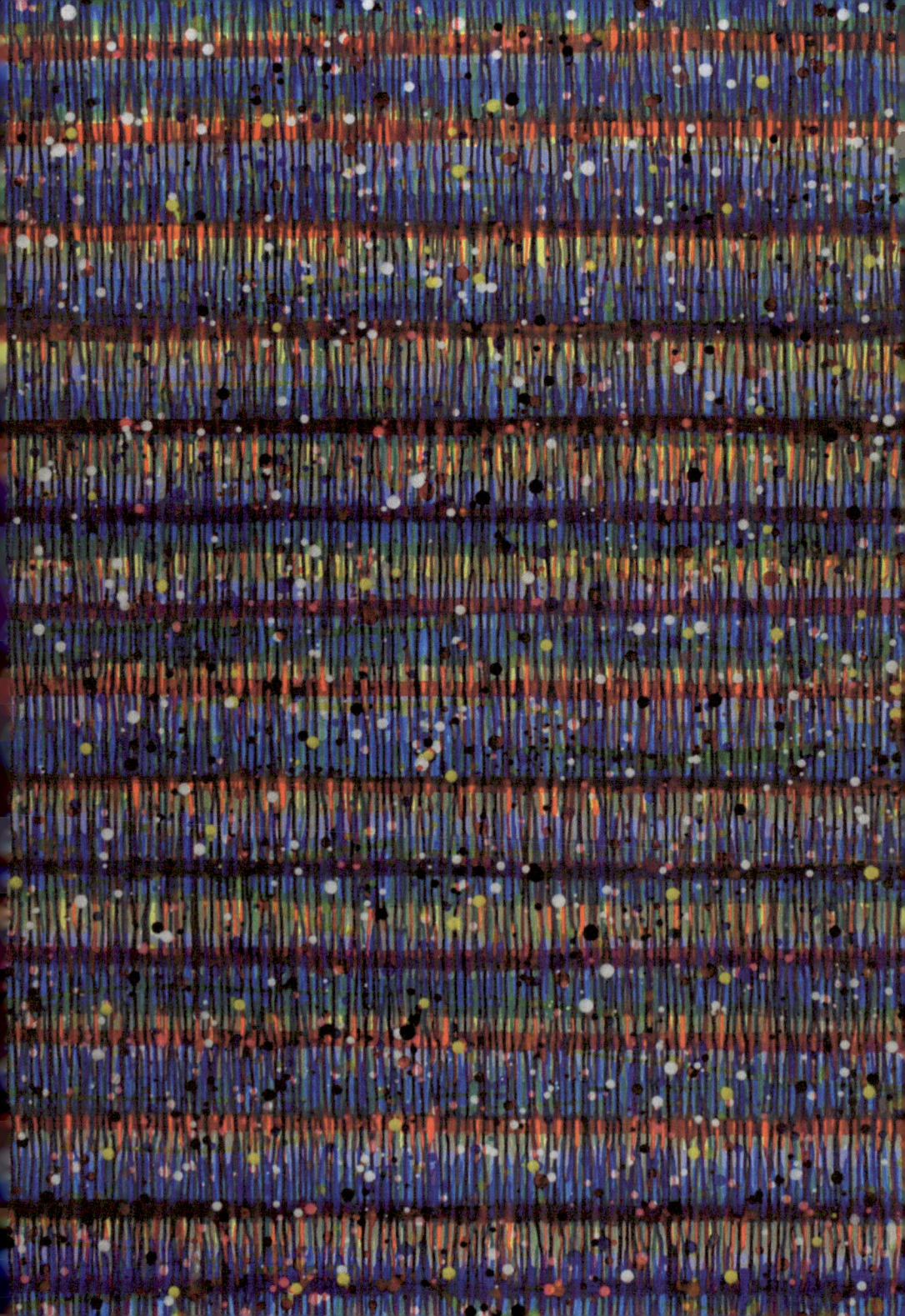

1

D'une marge à l'autre

Textes écrits pour le magazine Funambule, prose et poésie.

Footing,
Régine Detambel

«À la main ou à la machine? Clavier ou papier? Le matin ou le soir? Dans la cuisine ou sous la véranda? Avec ou sans musique?» Personne encore ne m'a demandé si je travaillais plutôt accroupie ou couchée sur le flanc, ou encore dressée sur le trépied formé de mes épaules et de ma nuque, tête en bas et mollets croisés, comme un yogi. Depuis l'expérience du pupitre scolaire, tous semblent convaincus qu'on ne peut penser et écrire qu'assis. On ne tient guère compte du corps de l'auteur, ramené à la posture de l'élève avachi. Pourtant Nietzsche et Giono étaient des marcheurs et non des attablés. Ils entretenaient un foyer de mouvement dans la région des jambes. Pascal Quignard écrit dans son lit; René Depestre se tient debout face à son lutrin; quant à moi, je galope sur mon tapis de course qui sent le caoutchouc brûlé. Je jogge comme un hamster sur cette piste noire qui tourne sous moi. L'écrivain ne va nulle part, certes. Mais il y court. Il vit sur l'aile. Dans l'écriture comme dans le footing, le moi brûlant est la matière.

Le bourdonnement de la vie,
Jean-Jacques Marimbert

Une abeille voulait traverser la vitre, rejoindre les fleurs, les champs, le ciel. On n'entendait qu'elle. Mon père l'écrasa d'un revers de sa serviette roulée. Allez, mange, ça va être froid, dit ma mère du bout de la nappe blanche, derrière un plat fumant.

Ce coup de serviette a planté un clou dans ma tête pour y fixer un lieu, l'atmosphère et les couleurs d'une journée. La vie de l'abeille, expulsée du point bourdonnant que la vitre aimantait, a marqué la mienne à jamais. Serviette blanche, carreau impeccable, ciel torturé, piège parfait. Glissant sur le carreau, ailes et pattes affolées. Tout s'est mis à trembler, table, buffet, tableaux, et mon corps. Les diamants du lustre cliquetaient entre les tulipes. Il ne restait qu'une traînée marron jaune, et une substance brillante, du sang blanc. Le corps sans tête s'est abîmé lentement, roulant sur lui-même, collé à la transparence, refusant de tomber puis contraint de rejoindre le sol carrelé. La tête pendait au bout d'un fil tiré de l'abdomen éclaté. Une patte griffait la vitre, un peu plus bas. Ou alors le dard.

Derrière l'abeille disloquée, au loin, les nuages se gonflaient de colère, les arbres agitaient leurs branches, les oiseaux faisaient de grands cercles, en signe de désapprobation.

Ma mère nettoya le carreau avec du papier journal, puis une éponge humide qui laissait des traces opaques. Après le repas, nez collé à la vitre au point d'agonie, je cherchai une odeur, un invisible indice, je ne sais quoi.

Je suis né ce jour-là. C'était un dimanche.

Peau,
Pierre Autin-Grenier

Il arrive que ne sachant plus quoi faire de ma peau je m'écorche vif, la plie ensuite avec soin et la dépose sur le dossier d'une chaise ; me sentant soudain léger ainsi libéré de toutes apparences je peux alors attaquer la journée du bon pied. Il en faut vraiment peu parfois, bien mince stratagème, pour d'une humeur maussade devant le miroir du matin se retrouver en cinq sec réconcilié avec la vie et, claquée la porte derrière soi, prêt à de saines folies.

J'ai connu des petits plaisantins qui changeaient de peau comme de chemise, au gré des circonstances, et sans voir que cela ne menait à rien car c'est bien en chair et en os qu'il convient de se montrer, le cœur à nu et tout le reste avec, très simplement. Certains font ainsi peau neuve chaque jour ou presque ne se doutant que sous ce qu'ils prennent pour une nouvelle manière d'être perce toujours l'âme répugnante du reptile ou l'instinct sauvage du fauve. Ignorent-ils à ce point que sous ces peaux d'emprunt il y a belle lurette qu'ils ne trompent plus grand monde ?

Certes ces journées d'écorché vif où mon vieux cuir cruellement tanné par les vicissitudes de l'existence reste en repos sur sa chaise à la maison, alors tout éclate à chaque coin de rue de ce qui m'anime pour de vrai ; bonté ou crapulerie, sévérité ou gourmandise, saute comme une évidence aux yeux du premier venu et je ne puis rien dissimuler des sentiments que j'éprouve, encore moins feindre ceux que je n'ai pas. Il en résulte parfois quelque embarras, certains s'étant mépris de longtemps sur mon compte, méconnaissant jusque-là qui je suis, m'ayant imaginé toujours bien disposé à leur égard, les voilà violemment dépités de me découvrir soudain les tenant depuis des lunes en piètre estime. À l'inverse, d'autres qui me battaient froid parce que me trouvant un air indifférent et dédaigneux, sous mon véritable jour me voyant curieux d'eux-mêmes et de leur opinion autant que soucieux de leur marquer ma déférence, ne me laissent plus une seconde pour souffler tant est pressante leur soif de me témoigner reconnaissance et amitié.

Je suis bien obligé d'avouer parfois un peu harassantes ces heures passées à parcourir la ville avec seulement mon âme en bandoulière et nulle carapace pour me protéger du jugement toujours téméraire d'autrui. Retour chez moi je remets ma peau, souvent pour longtemps; le monde n'est pas prêt, voyez-vous, à souffrir sans broncher toutes nos vérités.

Extrait de C'est tous les jours comme ça
(les dernières notes d'Anthelme Bonnard).

Tropique du Cancer,
Jean Azarel

Ces vacances avaient un goût particulier. Ils se trouvaient follement amoureux l'un de l'autre, plus qu'ils ne l'avaient jamais été, même si avec le temps, le souvenir des premiers jours commençait à s'effacer dans leur mémoire. Sans doute voulaient-ils éprouver la sensation d'une régénérescence. Pourtant il ne la touchait plus depuis plusieurs mois, mais cette constatation même était devenue anodine. Ils marchaient sur la plage, dans le vent, se parlaient ou ne se parlaient pas, écoutaient le bruit des vagues. Ils se donnaient de temps en temps des petits baisers pointus comme le cri des mouettes. Quand il pleuvait, les odeurs de la terre se mêlaient à celles de la mer pour monter à leurs narines et bénir la vie. Les grandes marées découvraient des espaces inattendus, comme si la chair de la mer était devenue transparente et ne cachait plus son âme. Nina regardait depuis la grève Paul s'agiter une épuisette à la main pour alpaguer les crevettes recluses dans les trous d'eau. Plus rien du monde extérieur ne semblait pouvoir les atteindre. Ils avaient laissé derrière eux la crise économique, les billevesées politiques, les faux amis. Les seules affaires de voile concernaient les bateaux, l'infini de l'Atlantique était leur carte bleue. Les jours passaient sans qu'ils se préoccupent de savoir si on était mardi ou jeudi. Ils identifiaient juste le dimanche car la cloche de l'église du village voisin se mettait à sonner pour annoncer la messe.

C'est Nina qui trouva le livre dans un des rayons de la bibliothèque du gîte. Elle le montra en tremblant à Paul. Le soir, après avoir bu du cidre, ils firent une flambée dans la cheminée. Paul attendit que le feu soit suffisamment grand pour jeter dedans *Tropique du cancer* d'Henry Miller.

Au ventre des choses,
Laurent Dhume

Me voilà réinscrit au creux des choses. Dans la courbe, là où les angles, les arêtes ne sont qu'alibi pour le maintien de la forme. Sans eux, le chaos. Mais demeurer là-bas, sur ces lignes, ces découpes, c'est oublier ce ventre des choses.

Cette onctuosité essentielle. Ce poing fermé. Cet esprit de la matière.

Me voilà. Les faits sont passés sur ma peau. Ils étaient terribles, souvent. Ils étaient insipides. Ils étaient dérisoires.

C'était : les contemporains. J'en retrouvais en moi, logé dans ma chair, la colère, la panique. Une boule faisant son billard sur mes os. J'en retrouvais encore le brassage écumeux de la bile qui s'emballe. L'acidité du dégoût.

Mais me voilà. Sans renvoi. Sur mes pieds. Ici, au ventre des choses. J'y suis si anecdotique que je pourrais m'évanouir. J'y suis si ramifié que ma caresse du dos de la main se donne à Pluton, mon œil à la voie lactée. Mes orteils jouent à chat perché sur Vénus. On parle de galaxies.

J'y suis, au-delà de ces mots.

Ici, au ventre des choses, l'éphémère et l'éternel fusionnent dans un silence si fluide que la tentative de nom équivaut à la disparition. Ici l'histoire et l'orgueil se confondent. Tout n'est que tête d'épingle. On rit à la poussière. Au même moment, on sait déjà qu'on ne peut plus dire J'y suis, mais : J'y étais. J'y fus.

Se souvenir alors. Poumons profonds. Rameuter ces essences. Laisser remonter l'écho, l'accès.

L'ici.

Et nourrir cet élan immobile. L'infuser au monde. À mon monde. Mon contemporain.

La roue tourne,
Bernard Lonjon

Depuis plusieurs minutes déjà, nous roulons dans notre belle voiture décapotable, un peu clinquante. L'allure est modérée. Des passants nous envient. Ils sourient. Certains nous saluent d'un geste de la main. Près de moi, attentive et enjôleuse, Noémie guette d'un œil circonspect. Cela fait deux mois que nous nous sommes rencontrés ici même. Et déjà je crois que nous sommes très amoureux. Sur notre gauche, un véhicule de pompiers roule à la même vitesse. Sa grande échelle est abaissée. À l'intérieur, les occupants s'activent et se concentrent sur leur tâche. Deux motards nous ouvrent la voie. C'est un ronronnement régulier qui attire notre attention vers l'arrière. Un hélicoptère à basse altitude suit le véhicule de pompiers, sans doute concentré sur le même objectif. Derrière, un camion américain semble vouloir imposer sa puissance. Noémie, légèrement angoissée, ne cesse de se retourner. La circulation devient dense. Le cycliste sur notre droite n'est pas vraiment rassuré.
Soudain, une sirène stridente. La circulation ralentit, petit à petit. Noémie me fixe de ses yeux interrogateurs, fronce les sourcils, me demande si j'en ai d'autres…
Oui bien sûr j'ai encore des tickets. Je viens d'avoir huit ans. Maman m'en a offert pour mon anniversaire. C'est déjà la fin du tour de manège.

Rencontre au 17 bis,
Anne Bourrel

– 1 –

Il l'avait voulue.

La bouche d'Angelina Jolie, le visage d'Ashley Judd, les rondeurs de Jennifer Lopez, la peau café d'une chanson de Gainsbourg, tout y était. Il l'avait voulue et il l'avait.

Elle dormait, un bras replié sous sa chevelure brésilienne. Elle n'était pas nue, il aurait rêvé qu'elle le fût. Tailleur gris clair, italien sans doute. Ceinture noire douloureusement fine autour de la taille, bassin méditerranéen.

Il attendait qu'elle ouvre les yeux, dont il connaissait la couleur par cœur. Il attendait d'entendre sa voix parce qu'il la savait douce et sucrée.

Nu, lui, il l'était. Pas la peine de s'habiller, il se disait, on va s'aimer, bien sûr, puisque c'est elle que j'attendais. Il souriait, très content, tout en se caressant la barbe, il aimait quand les choses prenaient un tour logique et bien adapté.

– 2 –

Il a attendu et attendu, attendu encore et elle ne se réveillait toujours pas. Il a bien fallu qu'il passe dans la salle de bain. Il a pris une douche. De temps en temps, il fermait l'eau et écoutait le silence. Rien ne bougeait, elle dormait encore.

– 3 –

Quand il est revenu dans la chambre, elle se tenait devant la fenêtre. Il aurait aimé se couvrir mais elle s'est retournée vers lui dès qu'elle a entendu ses pas sur le carrelage. Il a à peine eu le temps de mettre ses mains en footballeur.

Elle l'a regardé de haut en bas, calmement, elle prenait son temps, elle n'avait pas l'air étonnée. Lui, il souriait, pas très à l'aise. Il s'en voulait de se présenter comme ça devant elle, il s'en voulait de ne pas savoir quoi dire, il s'en voulait encore plus d'avoir raté son réveil. Il a à peine pris le temps de remarquer la couleur de ses yeux ce brun profond qu'il aimait depuis toujours. Il sentit s'ouvrir devant lui tout un avenir possible. Sur sa langue, pétillaient des étoiles.

– 4 –

Elle, elle le regardait, calmement, elle prenait son temps. Elle scrutait ses yeux et toute sa présence pour lire qui il était. Il la laissait faire. Elle avait voulu qu'il se présente à elle sans masque, sans fard et avec le plus de simplicité possible. Sincère et droit, il l'était. Rêveur aussi et passionné et excentrique, rieur, moqueur, rageur, amuseur, sérieux et grave.
C'était bien ça. Plus elle lisait et plus elle le reconnaissait.
C'était bien lui, l'homme poète, rien ne l'arrêterait maintenant, elle l'avait voulu et elle l'avait.

L'invention,
Michaël Glück

de la naissance à la mort
nous avons bouche pleine
bouche pleine mater
bouche pleine ma terre
nous sommes repus

nous avons les mots
contre cet excès
contre le vacarme
de la manducation

bouche pleine mater
bouche pleine ma terre

nous avons les cris
contre ces absentes
mater ma terre ma langue

nous parlons pour n'avoir
pas à crier

nous sommes repus et
nous parlons contre la faim
pour apprendre à vivre
avec les absentes
mater ma terre ma langue

nous prenons la plume ou la pelle
pour enfouir les cris
sous les mots

nous avons inventé le silence
nous en tournons les pages

Les flammes montent haut,
Janine Teisson

Les flammes montent haut sur le noir absolu de cette nuit de février. Sa maison brûle sous les étoiles. Elle se déplace en automate. Elle avance, raide, muette, les yeux exagérément ouverts. Elle serre machinalement la main de quelques personnes, maire, voisins, villageois, qui, groupées dans son jardin, regardent ce qui malgré tout est un spectacle.

Un homme — un géant — casqué, étincelant de métal noir, sort des décombres, se plante devant elle. «Madame, vous n'avez plus de maison.» Elle porte sur les poutres calcinées, les vitres fondues, le feu sortant par le toit écroulé, un regard vide. Mais devant son bureau réduit à un parterre de braises, elle est atteinte. Atteinte comment ? Elle ne sait pas encore. L'homme en noir a dit : «Le principal c'est qu'il n'y ait pas de victime.»

Durant les mois de confusion qui suivront, elle pensera souvent qu'elle n'y survivra pas, qu'en elle quelque chose de vital est touché. Si elle avait sauvé ses textes, la douleur aurait sa juste mesure. Sur cette perte elle demeure muette. Elle n'imagine pas communiquer à quiconque ce deuil. Perdre sa maison la laisse indifférente. Elle a toujours été nomade, apatride. Mais éprouver cet écorchement comme elle l'éprouve, cela oui, la sidère.

Un rien la disloquait autrefois, un rien l'emportait. Et puis elle a trouvé ce nid, cette armature souple, invisible. Elle s'était mise au monde des mots, recréée. Elle ne s'était pas simplement habillée d'écriture, elle avait fait peau neuve, tatouée d'encre. De haut en bas, devant derrière et chaque jour un tatouage différent. Et de nouveau elle est à nu, dans l'inconfort et la mutité. Elle est nue et elle a peur. «Au secours ! Je meurs», a-t-elle envie de crier.

C'est sa nouvelle peau, sa nouvelle vie que les flammes ont léchée, cramée, rendue illisible. Décollée de sa chair enfin.

Autour du sanglier,
André Gardies

« Si tu veux faire des photos, c'est le moment. Ils font ça chez Marcel, ce soir à huit et demie, sous le hangar ». Ça ? Le dépeçage du sanglier. La première bête de la saison à être tombée sous les balles de la battue.

Mon repas rapidement expédié, je grimpe jusqu'au haut du village. Le vantail est ouvert, une grosse coulée de lumière déborde jusque sur le chemin noyé dans la nuit sans lune. J'entends quelques bruits de voix. Ils sont là tous ou presque, serrés comme dans un estaminet, autour du sanglier sanguinolent. « Il avait pas mangé que de l'herbe celui-là ! Qu'est-ce qu'il pue ! Il faut le rincer avec le jet, là dehors. »

Effectivement l'odeur ne passe pas inaperçue. Ajoutée à celle du sang, aux nuages de vapeur, à la lumière brutale du projecteur, aux éclats de voix, aux gestes empressés, elle participe d'une fièvre tout juste contenue. C'est ce qui frappe en premier, cette effervescence. À l'ordinaire si peu loquaces, si avares de leurs émotions, ces hommes, par un effet de groupe, sont saisis d'une forme d'ivresse. C'est à qui s'empressera pour asperger d'eau bouillante la bête morte, brûler au chalumeau ses soies épaisses, agripper des deux mains la peau et la tirer de toutes ses forces afin de la décoller, à qui donnera de la voix pour des conseils pratiques, à qui poussera des exclamations toujours un peu excessives. Une sorte de fil grégaire circule entre eux.

Et lorsque du ventre ouvert, quelqu'un sort les boyaux distendus par les excréments, toutes les nuques plongent au-dessus de la proie. Alors flotte dans le hangar comme une réminiscence du sentiment tribal. À tel point que je prends brusquement conscience que tous, même les presque étrangers : les natifs d'ici mais qui depuis longtemps ont quitté le pays, se sont exilés à la ville pour une vie de travail, tous s'expriment en patois, dans leur langue revenue.

Comme si, au-delà de leur complicité momentanée de chasseurs, ils retrouvaient leur commune origine villageoise, se référaient aux mêmes racines, reconstituaient très provisoirement une unité que les nécessités de la vie ont disloquée. Tandis que sur le plateau ensanglanté, la dépouille du sanglier achève de fumer.

Escapade,
Joëlle Wintrebert

Ils marchent, vite, dans l'odeur embaumée des figuiers, au centre d'un fouillis de ronces et de plantes sauvages. Plus loin, le sentier s'escarpe au-dessus du vide, et l'homme tend la main. Aide inutile, pourtant Lisa s'empare des doigts forts et moites. Le soleil cogne. Un ruisselet de sueur coule à la tempe de son guide. Elle résiste à la pulsion de l'essuyer. Le Briant fait désormais merveille, entre petites plages, chaos de roches, pont en dos d'âne, moulin colonisé par les arbres… Quand elle assure qu'ils ont trouvé un paradis, l'inconnu reprend sa main et la tire. « Un peu plus loin, vous verrez, beauté, sauvagerie. » Et enfin, d'une voix retenue, chargée d'émotion : « Voilà ! » C'est un petit cirque à l'écart du chemin où la rivière a creusé une vasque naturelle. Lisa pousse un cri de ravissement. Le tuf gris en dalle déclive jusqu'à l'eau cristalline, les roches parées d'un camaïeu de jaunes et de verts, les arômes mêlés des algues caressées et de la flore embrasée, une porte s'ouvre ici sur un autre monde.

L'homme adresse à Lisa ce sourire particulier qui la chavire, lui tourne le dos, envoie valser mocassins, pantalon et caleçon, puis la chemise, il est déjà dans l'eau. « Vous ne vous baignez pas ? » dit-il au bout de quelques brasses. « Personne ne viendra, vous savez, et de toute façon, la nudité, ici… Oh ! J'espère que vous n'avez pas peur de moi. Je ne suis pas un violeur, on m'a très bien élevé. » Il rit, un rire qui la saisit au ventre et la rend si liquide qu'elle se hâte en effet de quitter ses vêtements, appréciant qu'il se soit détourné, discret, tant elle regrette d'avoir trop longtemps négligé son corps. Se laisser glisser, les yeux clos, flotter sur le dos. Le saisissement de la rivière est un délice après la promenade torride. « La sirène du Briant » chuchote la voix de l'homme contre son oreille. Elle a dérivé jusqu'à lui. Il pose une main sous sa nuque, ses lèvres effleurent ses lèvres, et il dit sur un ton d'excuse : « J'en ai eu envie tout l'après-midi. » Il s'écarte, nage jusqu'à la cascade, s'y adosse, voluptueux. Les gouttes fusent et le nimbent d'un halo qui scintille. Énigme, son visage dans l'ombre portée du contre-jour, mais le voile de l'eau ne masque rien de son désir. Est-ce l'eau, le soleil, le désir de cet homme, un carcan craque soudain, qui délivre Lisa. D'un battement de pieds, elle se propulse. Contact. Le ventre est rond et doux, la hampe lisse. Se hisser jusqu'à la bouche, dévoration, et sa main qui la caresse. « Madame, dit-il d'un ton solennel, si nous continuons, je vais perdre mon vernis de bonne éducation. » Elle l'embrasse, avide, alors il la retourne et la prend, et tout le temps que dure leur étreinte, ses doigts courent sur elle, en elle, comme de petites bêtes indépendantes, affairées, et elle tremble, gémit, crie et supplie jusqu'à l'embrasement.

Il l'a laissée. « Il vaut mieux que nous ne rentrions pas ensemble. Vous saurez retrouver le chemin ? » Lisa est étendue en croix sur la dalle déclive, à demi immergée. Quiétude. Il lui semble qu'elle était nouée depuis des années. Elle prendra soin d'elle, à l'avenir. De retour au village, elle arpente la fête avec plus d'indulgence. Ses enfants n'ont pas remarqué son absence. Assis à la terrasse d'un café, en compagnie d'amis — et peut-être d'une femme ? — son inconnu lui adresse un clin d'œil.

La fatigue du loup,
Jacques Bruyère

Poil gris, truffe noire, yeux dorés, joueuse, la petite louve est craquante. Croque-Loup est perplexe. La petite louve est grassouillette à souhait. On en mangerait.

Le moment est venu, en vérité.

L'éleveur connaît bien le sentiment qui l'envahit. Un déchirement. Ces bêtes qu'il sélectionne, soigne, nourrit, il finit par s'y attacher. Pourtant, le contrat est impérieux. Les membres de la confrérie de la Fatigue du Loup lui ont passé commande il y a un an. Comme lui, ils sont amateurs de viande lupine. Il faut dépecer la bête, rincer longuement les chairs à l'eau vive, puis sans attendre, mettre à griller sur une broche en forme de croix, fichée dans le sol, que les rôtisseurs inclinent vers un épais tapis de braises, au fur et à mesure de la cuisson. La cérémonie, gueuleton compris, dure douze heures. Il s'y boit du vin noir, seul accompagnement admis par les gastronomes sectaires.

Croque-Loup serre la petite louve dans ses bras. Il a commis l'erreur fatale de lui donner un nom. Elle s'appelle Loba. Loba! Loba! Tout à l'heure, à la porte de l'enclos, elle est arrivée en gambadant et lui a fait fête.

Il est temps de la préparer. Les Frères Fatigants ne vont pas tarder. Ils embarqueront Loba, puis la livreront au Saigneur qui officiera. La peau de la louve sera ensuite tannée et conservée dans leur temple, un ancien garage relooké par un décorateur rural. Adorable Loba!

Croque-Loup se décide, il va aller perdre Loba dans la forêt. Il lui donne sa chance.

Équinoxe,
Annick Dénoyel

Ça avait commencé par un remuement d'air à peine perceptible. Le gris du ciel, affalé sur le figuier, faisait davantage ressortir le gazon jauni. Pieds nus, penchée sur l'herbe, elle ramassait les fruits tombés confits. Certains vidés de leur pulpe avaient nourri une cohorte de petits coquillages, peut-être des oiseaux. La matinée était tiède mais par-dessous sa chemise de nuit, un souffle s'était soudain engouffré, glacé. Ses cuisses avaient fraîchi. La brise avait forci. C'était du vent qui maintenant caressait ses flancs, remontait jusqu'à sa taille, jusqu'à ses seins dont les mamelons se dressaient en boutons puis, par l'encolure largement échancrée, il s'en venait mourir effleurant son cou et baisant ses joues. Le tissu autour de son corps avait gonflé. Fleur à la corolle renversée, au pistil léché, d'un coup elle s'en était trouvée rajeunie. La peau raffermie. La vulve troublée. Elle huma cette fraîcheur soudain venue des nues. Voilà qu'on s'occupait d'elle, de façon si légère et subtile qu'elle renversa sa tête pour mieux offrir sa gorge. Elle écarta les bras, libéra les aisselles, pour mieux laisser passer, sous le coton, ce galant vent d'automne. Elle écarta les jambes. Son sexe en s'ouvrant eut un bruit de baiser, et le creux du nombril, pris dans sa mappemonde, sentit toute la force de l'équinoxe. Dans l'air planait l'amour, si doux. Elle se prit à rêver d'un second souffle également exquis. Mais les remous de l'atmosphère s'aggravaient. Il faut tondre, se dit-elle. Et elle le fit. Et dès qu'elle eut fini : la pluie et le jardin béni.

Le ciel vira au noir. Elle se mit à l'abri. Son esprit s'essaya aux choses de l'arrière-saison. Qui aurait pu comprendre que, dans le jardin, ce matin, un peu ivre et léger, le vent d'autan s'était levé et l'avait prise en vrille sous sa tenue de nuit ? Dans la fraîcheur de septembre, l'amour était passé, bandant et caressant. Et les forces du ciel de se déployer, et de se déchaîner. Et celles de son cœur. Puis le jour devint nuit et la nuit devint blanche. Il pleuvait des éclairs. Charges électriques. Raffut. Fracas. Tornade. En éclats tuiles, cheminées. Cabane et palissade. Pergola. Et le vieux chêne écroulé, arraché au rocher, déraciné. Sous la chemise le corps trembla et la colère monta : à chaque fois c'était la même chose, l'amour, au début si doux, si dur après. Elle se surprit alors à désirer l'hiver.

Je suis peintre,
Raymond Alcovère

Je suis peintre mais personne ne me connaît ou presque. Le monde m'est toujours apparu si immense, profond et sombre que j'ai préféré rester dans l'ombre. On dirait plutôt que c'est l'ombre qui m'a choisi. Toujours mes actions, mon caractère m'ont poussé hors de cette fausse lumière. Tout ce que je suis, vois, comprends, éprouve, est dans ma peinture et cela a suffi à mon bonheur. Oui j'ai été heureux. Ce que j'ai vu de ce monde ne m'a guère donné l'image du bonheur, aussi j'ai cherché à le poursuivre seul. Une femme et un fils m'ont apporté de grandes joies et finalement mon fils aura été la plus grande, même s'il ne me ressemble pas, s'il est différent, tant mieux après tout. La quête que j'ai poursuivie est celle du mystère de la lumière. La lumière est dans les choses, elle est le cœur de la vie et ne s'éteindra jamais. Oui l'éternité est la permanence de la lumière. Le reste n'est que littérature. J'aime la littérature parce qu'elle raconte le monde, elle dit sa folie, sa démesure. Comme un cercle ce que je cherche c'est le centre, le point nodal. Je crois l'avoir trouvé : il est dans l'éternité que certains appellent « Dieu ». La lumière et donc la peinture en est la traduction, celle que j'ai tentée en tout cas.

Paul Cézanne

Danse autour de la toile,
Sylvie Léonard

New York, 1943

Jackson Pollock raccrocha le téléphone.

Peggy Guggenheim était très en colère. Elle avait organisé une grande fête pour inaugurer sa nouvelle villa et elle attendait le tableau de Jackson pour décorer son hall d'entrée. Cela faisait plus de six mois qu'elle lui avait commandé une œuvre. Et là, elle lui donnait 24 heures pour la lui apporter. Jackson restait là, les bras ballants, dans la grande pièce vide. Devant lui, une immense toile clouée au mur.

Blanche.

Il avait dû abattre la cloison de son petit appartement pour l'installer. Elle faisait six mètres de large. Il n'avait plus le choix. Les désirs de Peggy étaient des ordres. Il avala une grande rasade de whisky et se lança à l'assaut de la toile avec l'énergie du désespoir.

Engageant tout son corps comme un boxeur au dernier round, il zébra l'espace vertical d'une large écriture gestuelle. Comme la toile était beaucoup plus grande que lui, il marchait le long du mur à grandes enjambées et peignait à grandes brassées, rythmant les mouvements du pinceau au balancement de ses pas. Les premières figures qu'il avait tracées avaient depuis longtemps disparu, ne laissant sur la toile qu'un réseau de lignes dynamiques organisées comme des corps animés.

Il travailla toute la nuit avec sauvagerie.

Le lendemain, à midi, il avait terminé tout son stock de whisky et le tableau de Peggy.

Peggy Guggenheim fut enchantée et, malgré quelques grincheux qui parlèrent de macaronis trop cuits, beaucoup, parmi ses prestigieux invités, commencèrent à murmurer qu'un grand artiste était né. L'organisation de la toile était tout à fait nouvelle, sans centre, sans marges, « all over », comme une énergie brute se déployant à l'infini…

Marionnette,
Janine Teisson

Après l'exposition on s'est dit on va quand même pas partir comme ça, on est à Avignon, merde, faut voir au moins un truc qui ressemble à du théâtre.

Marie a dit : on m'a parlé d'un spectacle de marionnettes. Cette affiche, c'est ça La vie de Mariella, paraît que c'est super.

On a trouvé, c'était dans une cave. Il y avait un seul marionnettiste et une seule marionnette, genre mannequin en bois articulé, grande comme une enfant de douze ans. Tu vois ? Elle avait une jupette. Les lumières se sont éteintes. Silence. C'était comme un ballet un peu sadique. Le type jouait plein de personnages : le père ou le prof ou le grand-père fouettard, un moniteur de natation ou un docteur pas net. La marionnette devait obéir. Parfois elle voulait s'échapper. Hop ! Il la rattrapait. Il la caressait puis recommençait à lui faire faire ce qu'il voulait. Ce qu'elle ne voulait pas. Presque au même instant, il était tendre puis se moquait d'elle. Il l'attirait et la giflait, puis la consolait pour la rejeter. C'était dingue l'impression de souffrance et en même temps d'espoir toujours rallumé qu'elle donnait cette marionnette. Chaque fois qu'elle avait une seconde de liberté, elle en profitait. Elle devenait aérienne, amusante, ses gestes étaient beaux, elle faisait des pirouettes. Brutalement il raccourcissait les fils. Elle redevenait pathétique, gestes heurtés et pieds qui s'emmêlent. Pourtant ce n'était rien que du bois. Et la jupette. Et un visage absolument lisse. Ni yeux ni bouche. Pourquoi alors, pendant tout le spectacle, j'ai eu l'impression que ses traits étaient mobiles ?

Tout à coup l'homme s'est mis à la manipuler plus vite, dans tous les sens. Elle tourbillonnait, tête en bas, jambes en l'air, corps cassé. On sentait qu'elle résistait mais elle ne pouvait rien contre le manipulateur, c'est comme ça qu'on les appelle. Ça devenait quelque chose de brutalement sexuel. Il mettait ses mains... Et il y avait cette jupette, tellement blanche, toujours voletante. Cette marionnette nue.

J'étais mal, tu ne peux pas savoir. J'avais envie que ça cesse. Alors du fond de la salle une femme a hurlé : « Ça suffit ! » Une voix ! C'était terrible. J'en ai eu des frissons. Un ordre, une supplication, une menace… tout. Il y avait tout dans ce cri. La rage, l'énervement au bord des larmes. Elle a quitté la salle en faisant du bruit. Le marionnettiste n'a pas levé la tête. Je ne sais même pas comment ça s'est terminé. Dehors on n'a pas arrêté de s'engueuler parce que Marie pensait que la femme qui avait crié faisait partie du spectacle et nous non.

Sec,
Lucien Claude

Ici, la terre est partout, fondue dans les murs, dans la poterie. L'air turbulent fait danser ses flammes translucides depuis le sol vitrifié, enveloppant humains et animaux, ondulants. La chaleur en assommoir empêche de dormir. Ici, un temps de sommeil suit toujours un temps de labeur, rythme du repos dont le succès dépend de la maîtrise de chaque séquence. Cet art de vivre date de la nuit des temps. Nul n'en parle, chacun le vit. Ici l'homme prend peu. Il apprend sur la précarité du minimum, du maximum, sur la fugacité du début ou de la fin. Il apprend d'un Mali, contrée d'éternité.

Ici on ne vit ni ne reste, on traverse. Essence d'un nomadisme résidant du temps, non de l'espace.

Le Mali a donc choisi l'art de la marche.

Un pied devant l'autre, l'homme avance jusqu'à dépasser les déserts, jusqu'à combler les vides. Il met tout le poids de sa légèreté à arpenter l'immensité tel un laboureur du vent, inlassable, sans souci de laisser trace. Continuer à aller de l'avant, objectif majeur de sa condition. Le statique est inconnu, seule l'apparence du figé donne le change. Et l'homme marche droit, son ancestrale sagesse veillant à l'essentiel.

Au soir, un brûlot incandescent fait ricaner un thé. Les verres défilent jusqu'à la certitude que plus aucun hôte ne fera ployer les genoux de ses chameaux. La marche du jour se prolonge dans la légende. Ainsi le Mali « chemine son mirage ».

Champ lumineux parcouru de sillons,
Françoise Renaud

Des minutes ou des heures — peut-être davantage — que les ténèbres avaient englouti sa chair jusqu'en ses fibres profondes et avaient envahi sa bouche d'un goût âcre et terreux, à peine le souvenir d'un vaste effondrement, d'un fracas d'outre monde, ensuite ces ténèbres pareilles à une eau couleur d'huître avec végétation et poissons ondulant dans un maigre courant, le fond rocheux vibrant en continu et à l'unisson des parois depuis l'électrochoc alors que sa conscience n'en finissait pas de revenir : lente plaine d'albâtre, soudain plus lumineuse et parcourue de sillons, sépia pour la plupart et oscillant telles ces colonnes de fumée qu'on voit s'élever au-dessus des villes en ruines, puis reflets, découpures en feuillage et lignes courbes projetées à l'envers des paupières à la façon d'un théâtre d'ombres, celles-ci palpitant au moment de se soulever au prix d'un effort indicible, enfin, pour peser le désastre et constater ce qui restait de son propre corps, de ces jardins et palais qu'il avait tant aimés alors que des voix s'en venaient par-dessus du chaos, loin, très loin — les sauveteurs sans doute —, voix des hommes en train de sonder les sédiments et de remuer les gravats pour tenter d'arracher des vivants à leur tombeau, comme si quelque chose pouvait encore être sauvé, pensa-t-il, suite à quoi il s'abandonna sans plus de défenses au vacillement vertigineux du gouffre comme s'il avait chuté d'une haute falaise tout au bord de la mer.

Plage,
Antoine Blanchemain

Ce sont deux enfants. Ils marchent sur le sable qui longe la mer, si calme aujourd'hui, et chacun veille à marcher du même pas que l'autre, jambe contre jambe, pour éprouver plus charnellement le plaisir d'être ensemble. C'est la morte-saison et ils sont seuls. Seuls et amoureux.

Elle est plus petite que lui et tout en marchant il garde sans effort sa tête à elle au creux de son épaule. Il parle et elle l'écoute. Elle répond et il comprend tout ce qu'elle dit. Ils s'entendent.

Ce qui leur est arrivé leur paraît à la fois si beau et si naturel qu'ils prennent ça pour un dû, quelque chose à quoi ils avaient droit et qui ne leur avait été refusé jusqu'alors que pour une raison obscure mais assurément injuste, trop injuste. Quelque chose de raisonnable, tout simplement.

Ils ne garderont aucun souvenir de ce qu'ils disaient ce jour-là, mais seulement celui du bruit de la vague lointaine et mourante, de la douceur infinie de l'air, de son silence inhabité.

Ont-ils au moins quelque projet d'avenir, ou bien l'intimité de cet instant limité leur suffit-elle ? Ont-ils même besoin d'imaginer quoi que ce soit, puisque le présent est toute leur vie, ce qu'ils savent bien ? De toute leur force, ils sont attentifs à sculpter ce présent dont ils sont le fruit autant que le modèle, à lui donner forme palpable et douceur tangible.

Quel âge ont-ils ? Quinze ans, vingt ans, quarante, soixante ? Cela n'a pas de sens, plus de sens.

Ils ne reviendront jamais ici ensemble mais aujourd'hui, ils ne le savent pas. Ils n'ont fait que se chercher avec application, se trouver, et c'était pour venir marcher sur cette plage, pour vivre cet instant.

La vraie légende de Don Juan,
Jean Reinert

Quand Don Juan fut las de ses amours -autant dire de l'existence- il convia les mille trois femmes de sa vie à un banquet. La table était dressée devant la façade d'une demeure, la sienne, peut-être, s'il en eut une. Celles qui honorèrent son invitation reconnurent d'emblée au médaillon de la façade l'effigie de l'amant.
Lui demeurait invisible mais elles reconnurent aussi sa voix.

« Je vous ai aimées, oui, toutes, je vous ai aimées. J'ai aimé votre corps comme un jardin du monde, ses rondeurs et ses angles, ses étendues et ses profondeurs, ses mousses et ses parfums. J'ai respiré aux fils d'air de vos chevelures, je me suis enivré au suc de vos lèvres, je me suis penché sur vos regards comme au dessus d'autant d'abîmes. Et aussi, j'ai connu vos colères… ou bien votre amertume, celle qui filtre parfois sous la glace de votre indifférence. J'avais pris tout de vous et avais peu donné. Aussi ce soir, à ce banquet, je me donne tout à vous. Les mets servis à cette table, sont, mêlés à d'autres saveurs, mon corps apprêté. Et je vous le dis en vérité ! Ceci est ma chair et ceci est mon sang ! Ma chair vous sera suave. Qu'elle fonde entre vos lèvres tant aimées. Et mon sang sera doux à votre palais. Puisez-y une force nouvelle ! »

Certaines s'enfuirent en vomissant des imprécations, d'autres servirent les plats aux chiens, d'autres encore se rassasièrent. Alors se leva sur la terre la race nouvelle des Amazones.

Vassilinia,
Adeline Yzac

On vit arriver sa silhouette derrière le carreau de la fenêtre épaisse de buée. On l'entendit qui poussait péniblement la porte du café en homme qui a marché longtemps seul au milieu de la nuit d'hiver. On le vit qui passait le seuil, qui entrait, hésitait, cherchait à jeter un coup d'œil à la ronde, ébloui par la lumière des lampes pourtant falotes. Il s'avança au milieu de la salle. Il posa sa besace devant lui, sur le comptoir bas, comme on pose un ventre gros, ou bien une fatigue ou peut-être un tourment. Le froid aigu était entré sur ses talons, en chien fidèle, et une odeur de souches sous la neige, de feux de camp improvisés au cours de haltes impromptues. On aurait dit que le cœur de la terre était entré avec lui, et avec le cœur de la terre, les volcans, les folies et un impossible à vivre. Derrière le comptoir de bois vernissé, Vassili Ivanovitch fixait l'étranger, ses vêtements qui disaient l'ailleurs, les contrées de l'estuaire, les ports qui ouvrent vers le monde. Près du poêle à bois qui ronflait comme un ivrogne, Vassilia Ivanovitch ne bougeait pas plus qu'une bûche. Pas plus qu'une bûche non plus ne bougeait la petite Vassilinia, l'enfant trouvée dans la forêt et recueillie par les bûcherons trois hivers auparavant, nourrisson dans des peaux de loups blancs et qui demeurait muette, comme si la langue de la montagne lui était une offrande empoisonnée. L'homme bougea sur ses deux jambes et dans sa barbe givrée qui commençait à goutter comme un bouleau au printemps, prononça un mot étranger.

— Dobrii dien.
L'on ne comprit pas ce qu'il voulait dire mais l'on sut que l'homme saluait.
— Dobrii dien

Alors, Vassilinia soudain se redressa, ses yeux scintillèrent d'une lumière qui disait la haute mer et des archipels rallumés, sa bouche s'entrouvrit, ses lèvres remuèrent doucement, presque fébrilement, elle regarda longuement le voyageur puis se leva sur ses deux jambes courtes et marcha vers lui.

Il y a deux jours,
Jacki Maréchal

Il y a deux jours ma petite chatte est morte... 16 ans... Nous sommes restés à côté d'elle jusqu'à son dernier râle. C'était très triste de voir la solitude de cette bête qui accueillait encore quelques caresses peu de minutes avant, en nous prévenant par de rares miaulements, en forme de râles, de sa mort imminente. Je suis allé la poser dans la nature, au bord d'un ruisseau. Elle sera bien là. Elle aura une belle vue. On a toujours peur du froid pour les morts. Mais finalement ce n'est pas très logique (quand on a de la peine, la logique, ça nous dépasse un peu). Sur le chemin forestier, en la portant dans son panier, j'ai repensé à l'impermanence. Une notion très importante pour se donner les moyens de trouver de la sérénité. Ne pas perdre de vue l'impermanence de toutes choses, dont nos vies. La mort des autres nous fait souvent penser à la nôtre. Cette conscience met forcément de la juste distance entre l'importance que l'on se porte et la vie en général qui continuera très bien sans nous.

En portant mon chat vers sa dernière demeure, je me suis dit que l'automne était finalement un bon moment pour mourir, puisque l'automne est porteur d'une promesse de régénération. J'ai beaucoup pensé à un ami dont l'anniversaire de la disparition est le 9 novembre. Un ami qui me manque profondément. C'est tellement rare un ami. Lorsque j'ai appris sa mort, j'étais dans une voiture, en covoiturage de retour de Paris. La moitié de mon corps s'est effondré, comme un immeuble en implosion, et depuis je ne sais pas si c'est revenu. C'était en automne. Cet ami soufflait toujours des paroles magiques à l'oreille de mon chat parce qu'il croyait à la réincarnation... Alors forcément...

Cigarette,
Gérald Gruhn

J'allume une cigarette, elle pose le cendrier sur son ventre plat. La lumière des persiennes dessine des zébrures sur sa peau ambrée.

— Tu fumes toujours après l'amour ?

— Oui. Tôt ou tard, je finis toujours par en griller une.

Il y a ensuite un long silence où on regarde les ronds fragiles que je tente de dessiner. Ils traversent les raies obliques du soleil rasant, c'est presque beau.

— C'était bien, qu'elle me dit.

— Merci, je réponds.

Et encore un silence.

La braise du tabac crépite. Puis elle me pose la question que je redoute le plus :

— Qu'est-ce qu'on fait ?

— Comment ça ?

Je joue à faire semblant de ne pas comprendre. D'habitude, ça ne marche jamais.

— Ben, nous, qu'elle insiste. On va sortir de ce lit, on va partir chacun de son côté… mais la question que je posais, c'est : on se revoit ?

— Je peux te parler franchement ?

— Tu ne peux pas me parler pas franchement !

Double négation, la conversion se complique.

— Bon. D'habitude…

— Parce que c'est une habitude ?

— Ne t'emballe pas.

— Ça part mal !

— Écoute, ne m'interromps pas sinon…

— … tu ne répondras pas ?

— Laisse-moi parler, s'il te plaît.

Et pour profiter du moment qui m'est offert pour m'expliquer, je renoue avec le silence. Le silence, toute l'histoire de ma vie. La cendre de ma cigarette fait une Tour de Pise au bout du mégot. Je l'approche à l'aplomb du cendrier et paf ! la cendre tombe à côté, sur la peau douce de ma métisse.

Pas loin du nombril. Je tente de la récupérer mais le tabac brûlé se désagrège en poussière grise. Je ne sais que faire, encombré par le filtre coincé entre index et majeur et manchot d'un autre bras invalide passé autour de son cou. Elle me tend alors le cendrier. J'écrase le mégot tant bien que mal, puis d'un doigt-salive, j'efface les traces de cendre, je m'essuie sur le coin de la taie d'oreiller.

— On causait de quoi ? je feinte.

— De rien, elle me répond.

Drôle de Zoizeau,
Arlette Welty Domon

Madame Martinez avait réussi à traverser la ville en plein chaos pour monter dans le dernier bateau en partance pour la France. À ce jour elle avait survécu aux attentats du FLN, aux ripostes sanglantes de l'OAS, à la panique d'un embarquement anarchique sur des passerelles surchargées. Une de ses valises en avait, du reste, fait les frais et ce n'était pas la moindre : celle qui contenait ses photos de famille et une boucle blonde et soyeuse de son fils André, conservée depuis ses quatre ans ; tout ce qui restait de l'enfant mort à douze ans. Ce trésor reposait à jamais par cent mètres de fond dans le port d'Oran.

Existe-t-il encore des paliers de désespoir lorsqu'on pense en avoir touché le fond ? Madame Martinez avait serré les dents et s'était accrochée à son dernier bagage sans lâcher surtout la cage de l'oiseau recouverte d'une couverture sombre pour le protéger. Maintenant sur le pont, assise sur une chaise longue bancale, elle regardait entre deux têtes de passagers la côte oranaise s'éloigner pour toujours.

Alors qu'à l'horizon le ciel et la mer commençaient à se confondre, le roulis s'apaisa et la nausée lui laissa quelque répit. Elle réalisa alors sa situation et laissa les larmes raviner ses joues, en silence.

Au matin le pont s'anima et Joséphine Martinez tenta d'apercevoir Marseille et le Château d'If dont les familiers de la Métropole parlaient autour d'elle. Entraînée par la cohue, elle s'agrippait à sa valise tout en essayant de protéger la cage de l'oiseau. Enfin elle foula pour la première fois le sol français. Un service d'accueil avait été mis en place pour acheminer la longue file des réfugiés vers le stand de la Croix rouge. Joséphine Martinez avançait à petits pas. Dans la chaleur qui régnait sur le quai, l'oiseau s'agitait dans sa cage. Soudain Madame Martinez eut un haut-le-corps : un Arabe s'avançait vers elle.

« Donne-moi ta valise, madame, je te la porte jusqu'à l'autobus ». Sur le qui-vive, Joséphine Martinez se rebiffa. « Pas besoin que tu m'aides, Ahmed ! Je peux la porter toute seule. » Compréhensif, le porteur insista tout de même : « C'est gratuit madame ». Déjà il avançait la main sur la cage de l'oiseau. Madame Martinez se dégagea brusquement, ce qui eut pour effet de faire glisser la couverture. Un superbe perroquet apparut qui se mit à rouler des yeux affolés. Soudain sa voix haut perchée recouvrit le tumulte : «Al-gé-rie-fran-çaise ! O-A-S !». Tout mouvement se figea instantanément dans un silence glacial jusqu'à ce qu'un rire énorme le rompît. Le porteur arabe s'en étranglait : «Qu'est-ce qu'il est dégourdi cet zoiseau !».

Maintenant un fou rire libérateur gagnait tous les passagers. Envolée l'atmosphère pesante ! oublié le drame l'espace d'un instant. Madame Martinez protégeant de ses deux bras la cage de l'oiseau factieux, finit par abandonner sa valise au porteur.

«Mais qu'est-ce que tu es venu faire en France, Ahmed ?

— Je travaille, madame, comme ça mes enfants, au bled, ils peuvent manger. »

Ils ne parlèrent plus jusqu'au car qui devait conduire les passagers vers un hébergement provisoire. Le porteur plaça la valise dans le coffre puis se retourna vers Joséphine Martinez : «Au revoir, madame, porte-toi bien, Inch'Allah ! » Puis, après avoir esquissé son départ, il se retourna et dit : «Moi c'est Saïd, madame, pas Ahmed».

Vivisection,
Jean Simon

Ils l'empoignent et le lient sur leur table
Revêtent des masques
Glissent des gants
L'ouvrent, le dépècent, le désarticulent
Dévoilent son squelette
Décrivent ses nerfs, ses tendons
Ne trouvent pas le cœur secret
Éteignent la lumière et repartent
Alors
Dans l'ombre
Le poème se rassemble
Dénoue ses liens
Rejoint son cœur
Retourne à ses mystères
Pour les hommes aux mains nues
Aux visages avivés de soleil et de vent
Pour les vivants

Corrida,
Pierre Autin-Grenier

« Vivre sans toréer, ce n'est pas vivre » ; ça faisait un bout de temps que je l'entendais ressasser toujours la même ritournelle. Tu te montes le bourrichon tout seul avec tes histoires de tauromachie, je m'escrimais à lui répéter, et c'est mauvais pour ta santé ; depuis des années que tu as décroché tu devrais quand même penser un peu à autre chose, à ton âge ! Il n'en voulait démordre, « Vivre sans toréer... » Aussi je ne fus qu'à demi surpris quand, ayant gratifié le garçon d'un somptueux pourboire et comme nous nous apprêtions à lever le camp, de but en blanc il me lâche : « Trouve-toi à cinq heures pile à la maison, tu verras, ce soir je reprends l'habit ».

À l'heure dite je me pointe devant son immeuble où une poignée d'anti-corrida tenue à distance par la police municipale brandit deux, trois pancartes en hurlant « Assassins ! », cependant que débarquent quelques têtes connues tout aussi intriguées que moi. Écourtées les retrouvailles, nous grimpons quatre à quatre son escalier en colimaçon pour nous retrouver, soufflant comme des phoques, dans un appartement vidé de tous ses meubles à l'exception de chaises pliantes sur lesquelles il nous invite à prendre place sans manières. Il a revêtu son habit de lumière ; montera à la main il paraît plus voûté que jamais avec ces dix kilos de broderies dorées sur le dos mais il garde fière allure, il faut le reconnaître.

Nous sommes tous frappés de stupeur, certains franchement affolés, lorsque la porte de la petite cuisine soudain s'ouvre libérant dans le salon une bête d'une demi-tonne déjà rendue furieuse par trois paires de banderilles lui lacérant le garrot. La femme de notre ami, au comble de l'exaltation elle aussi, met alors à fond la caisse Paquito Chocolatero sur un pick-up d'enfer. Frisson d'angoisse...

Un quart d'heure durant, devant un toro manquant souvent de brio, agressif, donnant des coups de tête et revenant dangereusement dans ses pieds, notre ami mène sa danse immobile avec la plus grande pureté possible, camouflant son vieil âge sous l'extrême discrétion de sa gestuelle.

Derechazo, bandera et même l'orticina inventée par le célèbre Pepe Ortiz, il joue de la muleta comme d'une aile de papillon, ses passes sont éblouissantes à nous couper le souffle. Il appelle le toro, la bête charge, un soupçon d'instant comme figé dans le berceau de ses cornes il porte alors une époustouflante estocade a recibir qui vient clôturer dans le délire cette corrida extravagante et pour sûr historique. Étourdissante extase !
Rendez-vous pris pour samedi en quinze ; tous nous nous retrouverons, c'est promis, autour d'une bonne gardianne et de quelques bouteilles de Marselan.

Je suis celui qui est arrivé trop tard à tous les rendez-vous, Patricio Sanchez

Je suis celui qui est arrivé trop tard à tous les rendez-vous.
À tous les événements importants.
À tous ces paysages qui gisent encore au fond de ma mémoire,
À tous ces départs de vieilles locomotives du Sud du Chili.
Les années ont passé comme tous ces wagons sans destin.
J'ai vu disparaître ma ville natale derrière les collines du ciel.
J'ai vu courir les aveugles appâtés par un morceau de viande.
J'ai vu des femmes et des hommes s'embrasser pour une pièce luisante
Derrière un rideau de soie et un portail ocre
Face aux yeux languissants d'une peluche en chiffon.
Quinze ans.
À cette époque-là, ma vie était un festin.
Un véritable spectacle de cirque ambulant.
Le tramway quittait le quai telle une fumée blanchâtre.
Les cracheurs de feu avalaient leurs flammes ou leurs épées en argent.
Les chiens pleuraient dans les villes effacées en regardant la lune.
Tandis que les montgolfières s'emparaient des forêts endormies.
C'était le temps des horlogers et des almanachs imaginaires.
Les rivières transportaient une mappemonde sur les ailes d'un zeppelin.
Les arbres tournoyaient comme une guitare sous l'orage.
Et on avait beau changer le monde, le geste était nocif.
Je l'avoue : j'ai manqué tous les rendez-vous dans toutes les villes du monde.
Et, aujourd'hui, personne ne se souvient de moi,
Personne ne se rappelle mon visage de boxeur.
Pourtant ces deux mains ont la forme d'un bateau en partance.
L'empreinte d'un transatlantique quittant ma ville un soir d'hiver, sur la pointe des pieds.

Le médecin,
Andrée Lafon

Louise se rappelle qu'elle n'allait pas souvent chez le médecin, il venait à la maison quand elle était malade. Presque chaque mois, au milieu de la nuit, elle était prise d'étouffements. Ses parents s'inquiétaient. C'était sans doute fait pour ça. Ce n'était pas de l'asthme ni des angines à répétition, mais des spasmes du larynx qui la prenaient comme la colique et disparaissaient dès le lendemain. Elle devenait, pour une nuit, l'objet de tous les soucis et de toutes les attentions. Entre deux crises, elle se portait bien et tenait peu de place.

Comment prévenait-on le médecin ? se demande-t-elle. Il n'y avait pas encore le téléphone, il me semble. Qui allait le chercher ? Mon père, sans doute.

Elle ne garde aucun souvenir de ces détails. Ni du traitement employé pour la soulager. Ce qu'elle sait, c'est que sa mère admirait l'homme compétent, honnête, dévoué, qu'on avait tiré du sommeil. Elle lisait dans ses yeux qu'il pratiquait le plus beau métier du monde. Son père, lui, envoyait des gens à l'échafaud. Plus tard, elle épouserait un médecin.

Les suffocations nocturnes et passagères de Louise résultaient sûrement des diverses angoisses accumulées pendant des jours et des jours. Inquiétudes devant les mystères de la vie, les mots inconnus, les sous-entendus ironiques, les allusions trop discrètes. Le sexe, moins on en parle, plus il est présent. Son père racontait à table des histoires drôles, des plaisanteries un peu lestes, à en juger par la lueur de ses yeux et le ton particulier de son rire, par le sourire de ses frères et l'air offusqué de sa mère.

La petite fille n'y comprenait rien et elle était sûre qu'elle ne devait pas chercher à comprendre, sa mère n'aurait plus su où se mettre. Les questions s'ajoutaient, s'agitaient dans sa tête et finissaient par la prendre à la gorge, par lui couper le souffle, déclenchées peut-être pendant le sommeil par un rêve oppressant. Après coup, elle jouissait d'avoir provoqué une cérémonie familiale et médicale, un rite mensuel, pour ainsi dire menstruel. C'était sa seule occasion de jouer un rôle important. La seule aussi de voir son père et sa mère réunis pour s'occuper d'elle. Au milieu de la nuit, en plus, à l'heure où le silence fait ressortir le moindre bruit.

J'ai dû y puiser mon goût pour le théâtre, j'étais l'héroïne et eux le public, qui est accroché au souffle de l'acteur et lui donne de l'importance. Je les tenais, pour un moment, à ma merci. Mes parents ne se sont jamais demandé si mon mal se situait ailleurs que dans ma gorge. Les idées de Freud n'étaient pas parvenues jusqu'à eux. Pourtant, Jacques Lacan habitait Rodez, à l'époque.

Je finis ma page,
Louise Desbrusses

« Je finis ma page » est, je crois, la phrase qu'enfant j'ai répétée le plus souvent. À table ! Je finis ma page. Éteins la lumière ! Je finis ma page. Tes devoirs sont faits ? Je finis ma page. On part dans deux minutes ! Je finis ma page. Je ne finissais ni ma phrase, ni ma page, ni mon chapitre, je finissais le livre. Je lisais comme d'autres traquent la poussière, aspirant chaque mot, luttant pour que rien ni personne ne m'interrompe, pas même la disproportion entre la taille de ma vessie et celle de certains romans. Plus tard ce sont les librairies que j'ai aspirées, lisant un titre après l'autre du premier au dernier sans parfois le premier centime pour en emporter un. Qu'importe. Même dans un pays dont je ne parle pas la langue, j'entre dans les librairies et j'aspire les rayons. Avec la même avidité.

Insolation / Désolation,
François Szabó

Le matin qui ouvre grand la gueule du jour
Le soleil implacable
La rue qui tremble et vacille
L'air sec et chaud qui entre par les fenêtres
Te voici été des forges
Te voici fondant le plomb en or
Et dans le silence total
Après les absences
Les tourments
La poésie se décline
La poésie s'affirme
Sur l'écran des imaginaires
Sur le clavier des impromptus
Ainsi va somnolent le poète
Qui d'un instant de tranquillité
Cherche un moment de grâce
Un moment irrésolu et indomptable
Qui marque de son sceau
La page qui n'est plus vierge
Et qui porte à jamais
Le regard d'un homme

L'arbre,
Simone Salgas

Elle regarde l'arbre. Le tronc du platane. Non, ce n'est pas un arbre. Ce sont deux jambes. Deux cuisses de femme. On voit très bien l'arrondi du genou qui descend vers le mollet.

Entre les cuisses, cette béance sombre, c'est son sexe. De chaque côté, les lèvres qu'elle découvrit bien tard.

Ses sœurs ne parlaient que de leurs corps. Leurs corps, receleurs de mystères, de promesses. D'angoisse. Elles comptaient sur leurs doigts, sur des carnets, la date de leurs règles, vérifiaient que la pilule, elles l'avaient bien avalée. Serena ne comprenait pas. Les règles, c'était surtout un inconvénient mensuel, sur les stades, les pistes de ski. Et du sang. Un sang noirâtre qui sortait à jets, dans une odeur étrange. Cette odeur, elle la respirait, en délices et en secret.

Un jour, sa sœur, regard d'un matin de cadeaux.

— Je l'ai fait. L'amour. Ça brûle au début.

— Comme quand une braise a sauté sur ta joue ?

— Au début. Puis on n'attend que ça, le feu.

Serena regarde les deux lèvres verticales, marbrées de lèpre verte. C'est un arbre. Un platane.

Non. Ce sont deux lèvres vaginales, deux battants d'une porte magique qui un jour livrera ses rubis, ses diamants. Quelqu'un connaîtra le Sésame. Et… Une main essaie de l'éloigner du platane.

— Essaie d'oublier.

Oublier qu'après les confidences de sa sœur, son miroir lui a découvert deux moitiés de figues mauves, fondantes et fermes, mielleuses ? Oublier la magie cachée de cette incision ? Oublier qu'ils ont été trois à la déchirer, l'un après l'autre, en rigolant et en rotant ?

Elle recommence à crier.

Je suis une serial killer,
Denise Miège-Simanski

Je suis une serial killer. Jusqu'à présent je l'ignorais ; on m'avait bien traitée de prédatrice ou de vampire mais il s'agissait de cas isolés — et malveillants. Là je viens de lire dans un journal bien informé que tous les serial killers ont été abandonnés par leur père lorsqu'ils étaient enfants et ont reçu un coup sur la tête (pas forcément en même temps). Ceci dit tous ceux qui, abandonnés par leur père ont reçu un coup sur la tête, ne deviennent pas automatiquement des serials killers, mais l'inverse s'est avéré — preuves à l'appui.

Or, quand j'avais 3 ans mes parents ont divorcé, mon père a quitté la maison et ma mère m'a dit qu'il m'avait abandonnée, ce qui m'a perturbée aussi bien au cours de mon adolescence qu'à l'âge adulte — les psychiatres vous le confirmeront. Quant au coup sur la tête il s'agit d'un accident de voiture au cours duquel étant assise près du chauffeur et n'ayant pas bouclé ma ceinture, ma tête a percuté le pare-brise. Je me suis évanouie, on m'a transportée à l'hôpital. Pas de traumatisme sérieux, mais je ressens encore des douleurs au moment des pluies orageuses.

Donc maintenant je le sais, je suis une serial killer. Pour l'instant je ne tue que les mouches… mais sait-on jamais ce que l'avenir nous réserve ?

Bouteille à la mer,
Serge Dupont-Valin

Sternes et goélands tournoient et s'abattent en cris stridents dans le champ voisin. Il va faire tempête.

Déjà, les portes claquent dans la maison et les aulnes qui bordent la rivière, bruissent avec inquiétude. Moi, dans mon bureau, je crois entendre le claquement des haubans. C'est un leurre. Ste Yvonne, amarrée dans le vieux bassin de Honfleur, va danser et tirer sur ses aussières, en toute sécurité. J'aimerais être à bord, écartant mes jambes pour mieux épouser le roulis, verser dans les verres de l'amitié un vin franc. Nous sommes une bande de vieux copains, les copains d'abord, on m'appelle capitaine, il y a le bosco, les gabiers, tous anciens marins amoureux des vieux gréements. La chanson de Brassens est d'actualité car nous ne sommes plus tout jeunes et quand l'un manque à bord, c'est qu'il est souffrant. Aussi, nous buvons à sa santé retrouvée.

Un héron a élu domicile sous les branches basses qui ombrent les berges de la rivière. Un héron cendré. Son envol est lourd et claque comme des voiles qui faseyent. C'est ici déjà presque la mer, te dis-je.

Et ce bonheur me suffit bien.

En moi,
Laurent Dhume

en moi quelqu'un qui pleure
en moi quelqu'un qui hurle
quelqu'un qui du balcon se jette
quelqu'un qui s'acharne
quelqu'un qui sourit dans son lit à la lune apparue par la fenêtre
quelqu'un de blanc
quelqu'un de gris
un chat sur un canapé
un oiseau dans sa gueule
un oiseau traversant un nuage
en moi quelqu'un d'ailé
en moi quelqu'un qui rampe
qui rase les murs
qui funambule sur le muret
patauge dans les flaques et roule dans une chiasse
quelqu'un qui ronge un lampadaire
en moi l'accord majeur
en moi l'accord mineur
le château de cartes et la table rase
la verdure dans le pot, la terre brûlée
et la forêt
en moi la forêt humaine…

Somme de mon père,
Magali Junique

Les journaux crissent sous les pieds. Il y en a plein le sol et sur le lit aussi. Couché il tient les pages ouvertes face à lui. Les petits pas discrets, les petits coups à la porte. Pas d'effusion ni de spontanéité en entrant dans la chambre. Les draps dessinent et cachent son corps. Seuls deux bras tendus indiquent sa présence derrière le journal. Les petites font la queue en pyjama déjà, pantoufles aux pieds. L'une grimpe sur le lit, après l'autre, s'agenouille à ses côtés et baise rapidement la joue tendue.
Bonne nuit !
Bonne nuit !
Bonne nuit !
Il a tendu trois fois la joue et reprend déjà la lecture. Même pas tourné le visage, juste tendu la joue. Le cérémonial s'achève ainsi, l'une redescend du lit après l'autre, laissant la place à la suivante... La même place convenue, ni plus, ni moins. Libérées, maintenant chacune tourne le dos et l'imprimé fleuri d'un pyjama rivalise un temps avec la double page blanche marquée de signes noirs du journal qui repose horizontale sur le couvre-lit. Tissu rose, fleurs mièvres, chatons joueurs, balles de mousse quittent la chambre. Il n'a pas lâché complètement le journal, ne pas perdre la page...
Encore un mot ? Fermez la porte !

L'étrangère,
Antonella Fiori

La neige. La neige sur le plateau. Le plateau de Sainte-Énimie. Plus loin, les gorges. Les précipices. Le givre transparent sur les blés couchés. Le silence d'un matin d'hiver. L'aube d'une journée qui s'annonce à pas feutrés. Carte postale pixellisée pour randonneurs en mal d'éternité. Hure. L'homme a chaussé ses guêtres. Sur ses épaules, une cape en peau de bête. La peau de son âne, mort l'hiver dernier. On ne voit pas ses yeux. Ses yeux cachés par un bonnet noir qui descend sur ses joues. On ne sait pas où il va. Il avance en silence de son pas régulier qui laisse des traces profondes dans la poudreuse du chemin. Silhouette grise dans la blancheur immaculée du paysage, rien ne semble l'arrêter. Il avance solitaire d'un pas décidé. Sous ses yeux, l'immensité du paysage et les montagnes à l'horizon qui dessinent une ligne abstraite noire. L'homme avance. Dans quelques minutes, il passera près de la source. La source de la Femme Morte. C'est comme ça qu'elle s'appelle depuis l'accident. C'était il y a quelques années maintenant. Mais, tous les ans, l'homme sort de sa maison à l'aube et se rend auprès de la source. Il fait son pèlerinage. Que va-t-il chercher là-bas ? Cette femme, c'était une étrangère. Personne n'a jamais pu élucider cette affaire. Était-ce un suicide ou bien un meurtre ? Que venait-elle faire auprès de la source ? Cette femme, personne ne la connaissait sur le plateau ! Et lui, pourquoi se rend-il là-bas ? Tous les ans, à la même date ? Il raconte que ce jour-là, on voit des traces de sang sur la neige, des traces de sang qui remontent à la surface, là où on l'a retrouvée, l'étrangère.

Rio loco,
Jean-Jacques Marimbert

La Garonne glissait tranquillement sous le Pont-Neuf. Sur une petite aire de jeux grillagée, des enfants se couraient après comme singes au zoo. Une femme, assise sur un banc, parlait toute seule, riait, s'interrompait. Visiblement, elle délirait. J'ai éprouvé une bouffée de compassion, à deux doigts de m'approcher, de lui offrir un verre, n'importe quoi pour rompre sa solitude. Je me trouvais idiot, elle n'avait évidemment pas besoin de moi, elle aurait pu mal le prendre, avoir peur, être agressive, et puis qu'avais-je de plus ou de moins qu'elle, avec ma pitié masquée, moi qui avais tant de mal à expliquer mes réactions, à me comprendre ? Je devais reconnaître que dans la société, tout était fait pour étouffer cette spontanéité, maladroite mais authentique. Tant que des gens comme elle, me disais-je, pouvaient se promener et vivre en paix, il y avait de l'espoir.

Elle continuait à parler dans le vide. Je me levai et m'arrangeai pour passer devant elle, faire un geste, lui montrer que la solitude était relative, toujours, que nous avions le monde en partage, et bien d'autres choses encore. Enfin, tout ça en un seul geste, c'était beaucoup. La folie m'a toujours fasciné au point de regretter de n'en pas faire l'expérience, ne serait-ce qu'un moment, avec en moi l'écho de cette dérive effleurée et du génie propre au déraillement de l'esprit. La femme avait un débit rapide. Arrivé à son niveau, éberlué, j'ai vu qu'elle téléphonait. Je l'ai regardée et j'ai éclaté de rire. Inquiète, elle croisa les jambes et s'adressa à une olivette. Elle devait me prendre pour un taré, ce qui me réconforta et gomma d'un trait ma gêne. Du coup, je remontai les quais sourire aux lèvres. Quitte à parler tout seul dans la rue, autant le faire comme un fou, un vrai de vrai. D'ailleurs ça me guettait si je n'y prenais garde. Je n'en étais pas à me dire « passe-moi le sel », mais les discours que je tenais devant le miroir de ma salle de bains auraient pu en inquiéter plus d'un.

L'ennemi de l'homme,
Jean Reinert

Quand l'homme apparut sur la Terre et commença à y prospérer, l'Ennemi de l'homme chercha le moyen de l'en débarrasser. Il inventa d'abord un déluge, une pluie qui dura quarante jours et quarante nuits, et ainsi les hommes furent noyés.

Mais il en survécut quelques-uns, réfugiés dans une arche ou sur les sommets des plus hautes montagnes, et il ne fallut que peu de temps pour que l'homme se remette à prospérer sur la Terre.
Alors l'Ennemi de l'homme inventa une maladie, une peste fatale au genre humain, et il la propagea dans les foyers des hommes. Ceux-ci moururent en masse, tous crurent la fin du monde arrivée. Mais là encore, il y eut quelques survivants, des solitaires épargnés par la contagion ou des plus résistants que les autres : cela suffit pour que, bientôt, l'homme se remette à croître et à se multiplier sur la Terre.

Voyant cela, l'Ennemi de l'homme lança un grand froid sur la Terre, l'hiver ne cessa pas et les autres saisons disparurent. Les océans et les continents se couvrirent de glaces, les loups et les ours prospérèrent à la place des hommes. Cependant, certains de ceux-ci survécurent dans le fond des cavernes, d'autres étaient devenus aussi adroits à la chasse que les fauves redoutables. Et lorsqu'enfin le printemps revint, ce fut une grande réjouissance parmi les hommes qui se mirent à prospérer et procréer de plus belle.

L'Ennemi de l'homme cessa alors de poursuivre les humains de sa vindicte, au contraire, il les combla de bienfaits. Il inventa des plantes qui pouvaient les nourrir abondamment et sûrement, il cacha sous la terre des trésors qui démultipliaient leur pouvoir sur les choses. Et, en effet, l'homme y gagna un pouvoir immense. Mais il s'enticha aussi de possession, de richesse et de profit, il se fit lui-même bête féroce pour l'homme et la démesure s'empara de lui : il devint ainsi son propre ennemi. Peu de chance qu'il survive à son immense pouvoir maintenant qu'il est devenu de lui-même son propre ennemi !

Dans le temps,
Aurélia Lassaque

Un còp èra, se figuràvem l'apocalipsi dins las tenèbras. Nos èrem enganats… d'un cèrte biais.
Per fugir la mossegada del solèlh, avem cavat. Sèm venguts fauna sosterranha. Avèm estrifat lo teissut espés de la tèrra e profanat sa frescura. Per de poses prigonds, avèm pojadas las pèiras e ara demoram dins los voide daissat per lors emprentas.

Vaquí-lo… L'òme me para lo paquet qu'espèri dempuèi 859 jorns. D'autres esperaràn dètz o quinze còps mai, d'autres moriràn sens aver reçauput aquel que lor reven. Los uèlhs me creman. Ai jamai tant deplorat la clardat dels clòts que i brutlam d'òli per esclairar nòstra misèria d'argila. Lo Librari passa pas qu'un còp. Ma man se crespa a l'idèa d'aver eretat d'un annuari telefonic. Es un libròt blau. Yannis Ritsos… Es de poësia. *La paret dins lo Miralh. Coma cada elegit de la Granda Librariá, serai lèu sa memòria viva :* « Ara, veses, es aicí que vas viure – ça diguèt. Qu'impòrta, aicí o ailà ? »…

Dans le temps, on se représentait l'apocalypse dans les ténèbres. On avait tort… en partie. Pour échapper à la morsure du soleil, nous avons creusé. Nous sommes devenus faune souterraine. Nous avons défait le tissu dense de la terre, profané sa fraîcheur. Par de grands puits, nous avons remonté les pierres et nous habitons leurs empreintes laissées vides.

Le voilà… L'homme me tend le colis que j'attends depuis 859 jours. D'autres attendront dix à quinze fois plus longtemps que moi, d'autres mourront sans avoir reçu le leur. Mes yeux brûlent. Je n'ai jamais autant déploré la faible clarté des niches où nous brûlons de l'huile pour éclairer notre misère de glaise. Le Libraire ne passe qu'une fois. Ma main se crispe à l'idée saugrenue d'avoir hérité d'un bottin téléphonique.
C'est un petit livre bleu. Yannis Ritsos… C'est de la poésie. *Le Mur dans le Miroir*. Comme chaque élu de La Grande Librairie, je serai bientôt sa mémoire vivante : « Maintenant, vois-tu, c'est ici que tu vas vivre, dit-il. Ici. Quelle importance, ici ou là ? »…

Le ventre,
Aurélie Tardio traduit en catalan par Renada Laura Portet

J'ai des enfants, la nuit, qui grandissent dans mes entrailles. Je les en arrache pour les bercer. Ce ne sont pas mes enfants bien qu'ils aient mes yeux et mon sang. Mais je les aime et les tiens au creux de mes bras.

D'autres nuits, des enfants meurent étouffés dans mes entrailles, je ne dis rien à personne et puis je finis par le dire. On m'accuse d'inconscience, et on m'offre une pipette pour extraire les cadavres de mon vagin. On ne dirait peut-être pas comme ça, mais c'est une tâche longue et méticuleuse. Ça prend des heures de retirer tous les restes à l'aide d'une très fine pipette au fond d'un sexe à vif, puis de vider cette même pipette dans une petite assiette. Et c'est triste de voir ces petites particules blanches semblables à des larves qui auraient pu être un enfant. J'entends fausse couche. Avortement. Je rencontre des femmes aux yeux noirs qui disent des mots comme stérilité, grossesse extra-utérine. Et elles disent sans rien dire des mots sans mots, alors je m'en vais bien loin d'elles en laissant quelques morceaux de cadavre dans ma chair, parce que cela m'ennuie, parce que je suis un cimetière clandestin. La nuit, j'ai un enfant. C'est doux. Je m'applique à ce que le rêve dure longtemps. Parce que dans la vraie vie, je n'ai pas le temps, ni l'envie de m'occuper d'eux à temps plein.

Tinc fills, de nit, que creixen en les meues entranyes. Els en trec per mor de gronxar-los. No són pas els meus fills per més que tinguin els meus ulls i la meua sang. Però me'ls estimo i me'ls guardo al clot dels meus braços. D'altres nits, uns nens moren ofegats a les meues entranyes, no en dic res a ningú i, després, acabo per a dir-ho. M'acusen d'inconsciència, i em regalen una pipeta a fi d'extraure els cadàvers de la meua vagina. No semblaria així com així, però és una tasca llarga i meticulosa. T'agafa hores i hores per a enretirar, al fons d'un sexe de carn viva, totes les restes, ajudant-te d'una pipeta finíssima, per acabar buidant la mateixa pipeta en un plat petit. I és cosa trista veure aquelles particuletes blanques iguals que unes larves que haguessin pogut ser un infant. Sento [el mot]:

malpart. Avortament. Se'm posen cara a cara unes dones que diuen mots com esterilitat, embaràs extrauterí. I elles diuen sense res dir, uns mots sense mots, llavors me'n vaig molt lluny d'elles bo i deixant alguns trossos de cadàver en la meua pròpia carn, perquè això m'enutja, perquè sóc un cementiri clandestí.

De nits, tinc un infant. Cosa dolça. Poso esment a que el somni duri temps. Perquè a la vida de veritat, no tinc temps, ni ganes de cuidar-me d'ells tostemps.

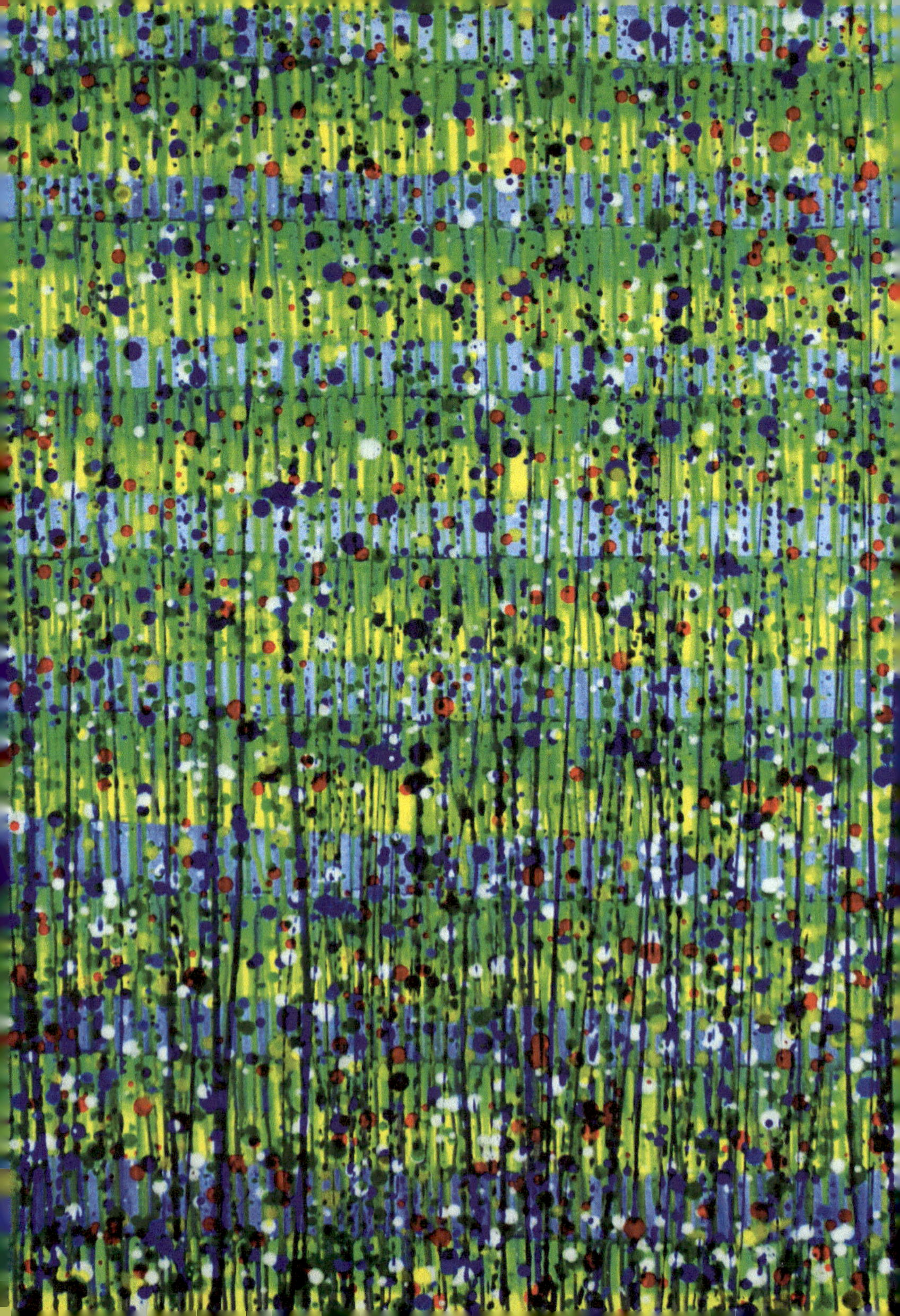

2

Forts en thèmes

Textes choisis dans les six « numéros spéciaux » consacrés par Funambule à des thèmes particuliers.

Funambule n° 11
Spécial Éros

Premiers nylons,
Marc Laumonier

Un jour ma mère entra dans une boutique avec moi — j'étais enfant — pour acheter des collants classiques couleur chair ; je ne crois pas l'avoir vue en mettre d'autres. J'étais là intimidé : affiches et photos aux murs et jambes à l'envers, pied tendu en l'air. Alors que ma mère hésitait entre deux couleurs que je trouvais quant à moi très proches, couleur chamois, chair ou bien saumon, le vendeur — un homme — fit quelque chose dont je me souviens aujourd'hui encore. Il entra subitement sa main dans un collant, écarta les doigts et fit jouer les mailles. Tour à tour il ouvrait puis fermait sa main pour enfin montrer son poing fermé, peau recouverte du textile, puis se dirigeait vers une fenêtre, montrant ainsi la teinte du collant à la lumière du jour.

Ma mère acheta deux paires de collants de la même couleur.

J'ai encore en moi le souvenir brutal de cette main d'homme pénétrant ce collant, comme une main voleuse ou violeuse caressant la peau de ma mère. Et j'éprouve une émotion particulière lorsque j'observe dans les vitrines des jambes féminines gainées — les bas et collants aujourd'hui sont encore plus attirants que ceux d'autrefois. De même je profite de mes errances dans les rues pour jeter un coup d'œil à ces jeunes femmes marchant en robe ou en jupe, robes courtes ou minijupes. Textures et couleurs m'intéressent. J'entends le bruit de l'acrylique : une espèce de crissement sensuel et attirant. Je sens les ongles qui accrochent, les mailles élastiques, pour moi un délice. Là furent à l'adolescence mes premiers plaisirs érotiques. La découverte du féminin, aussi le sentiment, sans doute, que mes parents étaient sexués.

Le goût des frivolités lascives,
Raymond Alcovère

«J'aime à la fureur», écrit Baudelaire, «les choses où le son se mêle à la lumière.» Flaubert semble lui répondre dans *Madame Bovary* : «Elle se déshabillait brutalement, arrachant le lacet mince de son corset qui sifflait autour de ses hanches comme une couleuvre qui glisse. Elle allait sur la pointe de ses pieds nus regarder encore une fois si la porte était fermée, puis elle faisait d'un seul geste tomber tous ses vêtements; et, pâle, sans parler, sérieuse, elle s'abattait contre sa poitrine avec un long frisson.» Les deux écrivains licencieux, à six mois d'intervalle, auront à subir les foudres du procureur Pinard (ça ne s'invente pas!), nous sommes en 1857. Écoutons ce dernier : «L'homme est toujours plus ou moins infirme, plus ou moins faible, plus ou moins malade, portant d'autant plus le poids de sa chute originelle qu'il veut en douter ou la nier. Si telle est sa nature intime tant qu'elle n'est pas relevée par de mâles efforts et une forte discipline, qui ne sait combien il prendra facilement le goût des frivolités lascives sans se préoccuper de l'enseignement que l'auteur veut y placer.» Flaubert sera acquitté, bénéficiant d'un bon environnement social. Il n'en sera pas de même pour Baudelaire. Six pièces seront condamnées : *Les Bijoux, Le Léthé, À celle qui est trop gaie, Lesbos, Femmes damnées, Les Métamorphoses du vampire;* et il faudra attendre 1949 pour une réhabilitation par la Cour de cassation. L'ami Pinard ne manquait pas d'intuition quand même, il aura réuni à sa barre les deux plus grands écrivains du siècle. L'un pour la prose : «Il devenait sa maîtresse plutôt qu'elle n'était la sienne… Où donc avait-elle appris cette corruption, presque immatérielle à force d'être profonde et dissimulée?» L'autre pour la poésie : «Je suis mon cher savant, si docte aux voluptés, / Lorsque j'étouffe un homme en mes bras redoutés, / Ou lorsque j'abandonne aux morsures mon buste, / Timide et libertine, et fragile et robuste, / Que sur ces matelas qui se pâment d'émoi, / Les anges impuissants se damneraient pour moi.» Il ne lui aura manqué que Rimbaud — mais lui a toujours réussi à s'échapper — dont les derniers mots dans *Une saison en enfer* sont : «Il me sera loisible de posséder la vérité dans une âme et un corps.»

Ma mère
de Georges Bataille, par Françoise Renaud

Je retrouve parmi mes livres cette édition de poche aux feuillets jaunis. En page de garde, la mention *Mai 78* portée au stylo bleu. Ce texte — publié en 1966 à titre posthume —, je l'avais découvert alors que j'apprenais le monde et cherchais l'accès à ces espaces furibonds qui augmentent le sentiment d'exister, et il m'avait ébranlée.

L'écrivain est maudit. Son œuvre traîne à sa suite une odeur de soufre, de transgression, d'obscénité et de rage. *Ma mère*, récit d'initiation, raconte comment une femme diabolique entraîne son fils de dix-sept ans à la dépravation. Douceur et violence alternent dans cette valse folle entre vin de Champagne, corps en débauche et gouffres extrêmes. La quête de l'ultime volupté ouvre sur le vide insaisissable de la mort : «J'avais le double sentiment de rire aux anges, et d'être à l'agonie et que du spasme dont je tremblais, qui me donnait la volupté, j'allais mourir. »

La révélation sur la conception du fils envoûte et pénètre le sang : «Tu viens de la terreur que j'éprouvais quand j'étais nue dans les bois, nue comme les bêtes… vautrée dans la pourriture des feuilles… quelle mère aurait pu te parler de la rage inhumaine dont tu viens ? » Pour ma part, je frissonne en lisant : «Cet éclat renversant du ciel est celui de la mort elle-même. Ma tête tourne dans le ciel. Jamais la tête ne tourne mieux que dans la mort. »

Le fantasme pourrait paraître à certains bourgeois et désuet en notre époque où l'ecstasy supprime les inhibitions, où le corps s'exhibe dans toutes ses tortures. Pourtant la démarche de ce philosophe dérangeant, apparentée à l'extase mystique, continuera longtemps de nous frapper et ses récits, où se côtoient le beau et le monstrueux, de nous hanter. Il laisse une œuvre philosophique riche et complexe.

Michel Foucault a dit : «Nous devons à Bataille une grande part du moment où nous sommes ; mais ce qui reste à faire, à penser et à dire, cela sans doute lui est dû encore, et le sera longtemps. »

Funambule n° 20
Spécial Mémoire

Histoire de mémoire,
Francis Zamponi

Ma mémoire est malmenée. Je ne parle pas de celle du disque dur de mon ordinateur. Non. J'évoque ici ma fragile mémoire personnelle. Celle que j'ai accumulée durant mes années d'enfance en Algérie. À l'approche du cinquantenaire de l'indépendance de la terre où je naquis, la voilà soumise à des réécritures publiques qui prétendent la modeler au nom de visions de ce que le passé aurait dû être. Et ne fut sans doute pas.

Ce ne sont pas les initiatives individuelles qui mettent à mal ma mémoire. Je considère comme parfaitement acceptables les mémoires personnelles, quand bien même ce qu'elles recouvrent ne recouperait pas la mienne. Ce qui me heurte est la création d'une mémoire officielle de cette période qui me fut aussi propre. Une mémoire forgée par l'État et dont l'épicentre est installé à Paris au cœur de l'hôtel des Invalides (c'est tout dire). Il n'est en effet là plus question d'« Histoire » mais bien de mémoire. D'une mémoire qui orientera les autres afin qu'elle devienne collective.

Pour m'éviter de sombrer dans la paranoïa, l'État a décidé, dans le même mouvement, de créer une « maison de l'histoire de France » destinée à « promouvoir l'identité nationale ». Je ne serai ainsi plus le seul à voir ma mémoire personnelle confisquée au profit d'une histoire officielle dûment estampillée.

Grâces soient rendues à un État qui réconcilie les concepts de mémoire et d'histoire. Le temps de signer un décret.

Cramoisie,
Jeanne Bastide

Cramoisie, la couleur de l'arbre qui m'attendait au bout du chemin.

L'arbre — rond, rouge, serein. De l'herbe sous son feuillage d'automne, douce et encore verte. Une pelouse. L'arbre nous attendait. Aucune concertation. Mais lui et moi le savions de tout temps. Il était écrit qu'un jour d'automne un arbre rouge m'attendrait sur le chemin. Avec une ombre violette pour de premiers émois. L'arbre sera là — solitaire et majestueux. Je ne serais pas seule. Lui — dont je tairai le nom — lui, qui malgré ses grands bras n'était pas arbre, avait apporté une orange. L'avait déposée presque cérémonieusement tout près du tronc.

L'arbre était cramoisi. Moi aussi.

Lui — dont je tais le nom — avait un sourire mal dessiné. Nous nous sommes regardés. Nous avons hésité. Ma main a caressé l'herbe. La sienne, mon genou. L'arbre rouge était immobile et les alentours silencieux des mille bruits de la nature.

L'arbre qui avait grandi pour m'accueillir ce jour d'automne particulier — cet arbre-là — ne bougeait plus. Pas même ses feuilles violines. Il inscrivait l'attente. Nous, immobiles et bousculés de l'intérieur étions confus de ce qui arrivait.

Ce qui est arrivé ensuite — l'arbre rouge en a été le seul témoin — est resté en moi tressé à l'odeur de l'herbe, au cramoisi de l'arbre et au silence qui a suivi.

Les ombres en leur royaume,
Marie Bronsard

Au royaume des Ombres, au carrefour du rêve où se déploie la mémoire, Elles errent, sans jamais se croiser, se rencontrer. Il arrive qu'Elles parlent, répètent des propos autrefois tenus. Plus rarement, Elles s'adressent à nous, agençant autrement les mots pour un sens jusqu'alors inouï, parfois même impensé.

Des disparus, c'est le son de la voix qui s'efface en premier, puis le phrasé, enfin le timbre, dont ne surnage plus bientôt qu'un qualificatif, quasi vidé de sa substance : elle était grave, voilée, rauque, ou claire, aiguë, instable, qu'on ne parvient plus à nuancer.

Puis c'est l'élan, le geste, l'impulsion de la marche, la mobilité des mains, le port de la tête, ces façons singulières de mouvoir le corps, qu'on nomme aussi l'allure, laquelle trahit, dans ses ratés, les failles intimes, traduit, dans ses vulgarités comme dans ses élégances, en langue limpide, un caractère, une nature relevant — on le croyait — de la plus stricte confidence.

D'invention récente, mais péremptoire, la photographie, captieuse consolation, fige le corps, le visage surtout, en ses différents âges, au mépris de l'ambiguïté, de la complexité, de la subtilité.

Sur les photographies s'échoue la grâce, s'altère le rêve, s'épuise la mémoire.

Cependant qu'en leur royaume, les Ombres recouvrent leur impondérable
Corps désincarné
Traits tremblés
Sourire évanescent
Contours flous, rongés d'oubli
Regard absent, paupières mi-closes

Comme un dessin esquissé sur le sable, effacé par la vague
Comme une trace
Une éraflure
Éphémères

Un repentir
Une fêlure
Imprescriptibles…

Funambule n° 23
Spécial Résistances

Nous voici,
Jean Joubert

poème dédié à Hervé Ghesquière et Stéphane Taponier, lu par l'auteur le 29 juin 2010, place de la Comédie à Montpellier

Nous voici, vêtus de bleu, sur la lisière de l'été,
nous voici dans la liberté de la lumière,
dans la liberté du mouvement et de la parole.
Nous avons une famille, des amis, une maison,
nous avons table mise et le pain et le vin
et des livres pour compagnons.
Nous parlons de plaisir ou de joie
et parfois même de bonheur.

Mais sur l'autre versant,
sur la sombre doublure de la lumière,
ce sont chaque jour, dans le profond du jour,
des images noires qui nous hantent :
violence, viol, meurtres, massacres,
la justice étranglée, la liberté livrée aux loups.
Et nous voyons au creux de leur prison ces hommes entravés,
dans un village poussiéreux où rôde un vent de sable.
Barreaux, chaînes, cordes et clous,
dans un créneau sournois, l'œil du geôlier.
Derrière les murailles, le cliquetis des armes
et le seul bruit de bouches étrangères.
Toujours la nuit, ni temps ni lieu.

Un présent piétiné, un avenir précaire
et si lointaine la mémoire des visages.
Pourtant, dans cette nuit, dans cet exil,
il faut garder contre son cœur
cet enfant de clarté que l'on nomme espérance.

Et nous voici, vêtus de bleu, dans la liberté de la lumière,
à proférer la parole et le cri,
à espérer que la pensée et la parole
apporteront aux prisonniers, nos semblables, nos frères,
promesse enfin de liberté et de lumière.

Coup de pied dans le dictionnaire, Janine Teisson

Aujourd'hui, moi qui très jeune ai collectionné les mots, qui ai joué avec eux, jonglé avec eux, qui les ai bichonnés, apprivoisés, bercés, qui croyais les aimer tous, depuis celui qui se présente dans le plus simple appareil jusqu'à celui qui reluit sous ses dorures, je vais vous avouer quelque chose : il y a, dans l'usage de notre langue, un mot terriblement imprécis qui m'énerve. C'est le mot homme. Au singulier comme au pluriel. Les premiers textes fantastiques auxquels j'ai eu accès étaient les Évangiles. On y disait : *Paix sur la terre aux hommes de bonne volonté, Jésus est mort pour racheter les péchés des hommes.* Et moi, enfant, je me demandais : « Et les femmes alors ? » À quatorze ans, j'ai trouvé parmi les pensées profondes de Sartre : *On n'est pas un homme tant qu'on n'a pas trouvé quelque chose pour quoi on accepterait de mourir.* Madame Rolland et Olympe de Gouges étaient donc bel et bien des hommes ! Plus tard, j'ai milité pour les droits de l'homme. Comment faire autrement ? J'aurais préféré militer pour les droits de la personne pour faire court, terme qui contient les deux genres principaux ainsi que tous les genres annexes, rares et intermédiaires.

Je déteste qu'un mot singulier et qui, dans certain cas désigne très précisément une partie de l'humanité, soit employé pour la représenter toute. Une source de confusion. Dans la Bible, le Dieu de Noé, furieux, décida de noyer tous les hommes. Eh bien, on sait de source sûre qu'il noya aussi les femmes ! (imprécision) Sur le Titanic, quand on annonça : *Les femmes et les enfants d'abord*, cela signifiait bien que les hommes devaient couler (précision).

Je demande donc, officiellement, que l'on cesse d'employer *l'homme* ou *les hommes* pour désigner l'être humain, le genre humain ou l'humanité tout entière. J'ajouterais, pour vous rassurer, que le mot *homme* qui désigne un homme me plaît parfois beaucoup.

Un Homme de passage
de Serge Doubrovsky, par Anne Bourrel

Serge Doubrovsky a inventé le terme d'autofiction en littérature dans les années soixante-dix. Dans tous ses livres, depuis *Le Monstre* (2599 pages, jamais publié à ce jour) jusqu'à son dernier (548 pages seulement), il met sa propre vie en écriture. Dans *Un homme de passage*, SD est en train de faire le tri dans son appartement new-yorkais qu'il quitte définitivement pour prendre sa retraite à Paris. Il se laisse guider par les morceaux de mémoire qui s'attachent à chacun des objets qu'il a entassés, bibelots, lettres, photos, au cours de cinquante années passées aux États-Unis. Le roman est construit comme un puzzle existentiel. Doubrovsky n'écrit pas de journaux intimes, car il ne note pas au jour le jour. C'est après coup qu'il réinvente, à partir de souvenirs réels. Dans ses livres, « *la matière est strictement autobiographique et la manière, strictement fictionnelle* ». L'écriture est lancinante, serrée, rapide et donne une impression d'immédiateté, qu'il s'agisse des moments les plus lointains de son passé comme des années contemporaines. L'auteur travaille la langue littéraire, il la malaxe, la triture et la cisèle. Il joue avec les allitérations, les jeux de mots et les blancs du texte. La respiration est toujours haletante mais énergique, surtout ici dans les premiers chapitres qui concernent le déménagement. Le rythme de la marche saccadée et rapide qui est caractéristique des romans comme *Fils* (1977) est toujours présente bien que plus lente, plus apaisée.

Dans *Un Homme de Passage*, l'écrivain et universitaire né en 1928, embrasse tout le vingtième siècle. Il revient aussi sur ses lectures et sur l'écriture de ses livres, particulièrement sur *Le Livre brisé* qui l'a rendu célèbre en 1989 et qui coïncide avec la mort tragique de son épouse Ilse. Ce départ d'Amérique, où il a vécu cinquante-deux ans préface le grand départ. Sourd au dernier degré, devenu impuissant, SD s'accroche à la vie, il ne la lâche pas. Il continue de lire, de s'informer, de marcher à travers Paris. Remarié à soixante-quinze ans à une femme de trente ans plus jeune que lui, il continue d'être un résistant de l'existence, plein d'énergie vitale : « *La vie derrière soi, c'est là que j'en suis [...] J'ai du mal à envisager ma mort qui approche. Pas envie, peu pressé de retourner au néant. Ce n'est pas que j'en aie peur. La mort n'est rien, retour au rien. Malheur, j'aime être.* »
L'autofiction telle que la pratique Doubrovsky n'est pas nombriliste. Son œuvre, d'une grande puissance dans son autocentrement même, demande à être comparée à celle des plus grands (ses maîtres, Proust et Sartre, au premier chef, ou ses pairs, Claude Simon aussi bien que Philip Roth).

Éditions Grasset, 2011

Entraînement,
Françoise Renaud

L'affaire était plutôt mal engagée. Elle avait vu le couteau. Quand il l'avait ceinturée sur le seuil de la cuisine, elle s'était cabrée, et maintenant ses jambes réagissaient à peine, molles, presque élastiques, comme si elle avait avancé en terre instable. La peur sans doute. Et les avant-bras pressaient fort sur sa gorge. Il fallait résister, élaborer un stratagème. Elle réussit à vider sa poitrine d'un coup, en même temps à plier les genoux — une chose qu'elle avait pratiquée à l'entraînement —, une façon d'anéantir la force de l'autre. Et en effet son corps se déroba sous l'assaut comme de l'eau. Le couteau avait cependant cisaillé le tissu de sa veste. Et la chair. Profondément.
Résister, oublier la douleur.

Il l'avait rattrapée par le poignet et s'était mis à proférer des injures. Espèce de salope. Toutes les mêmes. Si tu crois que tu vas faire la loi. Comme il avait négligé d'ajuster sa prise, elle se laissa glisser à terre et quand il voulut la maintenir pour lui faire du mal, elle roula sur le côté puis sur l'autre. Il ne s'attendait pas à ça — je veux dire, à autant de résistance. Il râlait, soufflait. Rien qu'une salope de toute façon, elle finirait par se soumettre. Elle ignorait où elle avait trouvé la force mais déjà elle s'était relevée. Le sang coulait en abondance le long de son bras, laissant des flaques sombres sur le carrelage. Elle croisa son regard l'espace d'une seconde. Pauvre type, voilà ce qu'elle pensa. Et c'est à cause de ça qu'elle trébucha, heurta la poubelle, réussit malgré tout à atteindre la poignée de la porte. Résister à la peur et à la douleur, elle connaissait la chanson. Cette fois, c'était allé vraiment trop loin, il ne serait pas possible de pardonner. C'est à ce moment-là qu'elle avait dû crier.

Funambule n° 28
Spécial À croquer

Meurtre délicieux,
Sylvie Léonard

D'abord fendre la fleur.
Glisser la lame entre les commissures.
Inciser la peau sous le duvet.
Entailler doucement le cuir.
Sans mordre la chair.
Fissurer la coque sur toute la longueur.
Séparer lentement les deux demi-sphères.
Laisser craquer l'écaille.
Sans déchirer le fruit.
Ouvrir.
Détacher un alvéole.
Ôter la pellicule translucide.
Cueillir délicatement un grain de grenat.
Poser l'arille sur le bout de la langue.
Faire glisser entre les dents.
Appuyer légèrement.
Attendre de sentir un petit craquement.
Laisser couler le jus sous la langue.
Peler une surface pleine.
Lisse, brillante, vermeille.
Saisir la grappe avec les lèvres.
Laisser exploser la pulpe dans la bouche.
Fermer les yeux.
Recommencer.
Il y a 400 graines dans une grenade.

Tomate d'antan,
André Gardies

Les tomates, tu en avais vu parfois sur l'étal de l'épicier, mais tu n'en avais jamais goûté. En ce temps-là, elles ne venaient pas sous le climat montagnard, et pour la petite miséreuse, dont la mauvaise ferme se terrait, là-haut, entre les ruines du château, c'était un fruit inaccessible, véritablement exotique.

La première fois, ce fut le jour du certificat d'études. À la pause de midi, isolée, à l'abri des regards, tu avais sorti du torchon noué, le morceau de lard et la tranche de pain gris qui composait ton repas. C'est le maître qui te l'avait offerte, parce qu'il te fallait des forces pour les épreuves de l'après-midi, avait-il précisé. Au creux de tes mains tu l'avais accueillie : rondeur éclatante et lourde. Luisante et douce. Tiède bientôt de la chaleur de ta paume.

Ensuite, tu as approché le fruit de tes lèvres, hésitant encore à le mordre, retenue par le sacrilège de déchirer une peau si fragile et si lisse. Quand ça a été fait, tu as éprouvé la sensation fraîche du jus qui t'emplissait la bouche, suivi de cette douceur de la pulpe qui se déliait sous les dents, sur la langue. Alors tu as pensé à cette pomme qu'Ève avait croquée après avoir succombé au plaisir de la tentation. La même rondeur lisse et légèrement acidulée, avec au ventre, qui sait, la crainte confuse de la punition.

Plus tard, exilée dans le Midi, tu avais travaillé aux champs. Tes premières corvées ? Remplir à longueur d'heures et de rangées, à douleur de reins, les cageots de tomates, innombrables et sans fin.

C'était aussi ta délivrance puisque tu échappais à la misère du pays rude.

« Vous ne reprenez pas des cèpes ? » [1]
Vingt repas chez Émile Zola,
Anne Bourrel

Lorsqu'on se met à table chez Zola, on ne consomme pas seulement des aliments, on se mange les uns les autres... si on ne se mange pas soi-même.

Dans les vingt volumes qui composent *Les Rougon-Macquart, Histoire naturelle et sociale d'une famille sous le Second Empire,* soit la nourriture abonde, soit elle manque cruellement, il n'y a pas d'entre-deux. Ainsi, dans *Le Ventre de Paris* où les maigres s'opposent au gras, les ventres creux des pauvres gargouillent devant des montagnes de provisions destinées aux bourgeois. Ce pauvre Claude Lantier, peintre génial famélique et suicidaire que l'on retrouve dans *L'Œuvre*, vient puiser son inspiration aux Halles dans le défilé des légumes, des fruits, viandes, poissons, beurre et fromages qui y sont déversés par charretées entières chaque matin. Claude se nourrit de leur forme et de leur couleur, «*en prenant même des indigestions*», sans jamais toucher à la moindre de ces victuailles.

Des réfectoires grands comme des mâchoires nourrissent le personnel du grand magasin *Au Bonheur des dames*. Dans ce roman, le nombre des occurrences du verbe «manger» est vertigineux. Tous les personnages, des principaux aux secondaires et même les personnages d'arrière-plan, voudraient manger, mangent ou sont mangés : «*Vous me croyez fini, et les dents vous poussent. Méfiez-vous, on ne me mange pas, moi!*»

À propos du magasin *Au bonheur de dames* : «*Il finissait par admirer l'inventeur de cette mécanique à manger les femmes.*»

Dans *L'Œuvre*, lorsque les peintres se réunissent pour un repas, c'est Claude Lantier, le plus faible et peut-être le plus génial d'entre eux, que ses amis dégustent au dessert : «*Ils avaient recommencé le massacre, inassouvis, les dents longues…*».

Au chapitre 7 de *L'Assommoir*, chapitre culte pour un livre culte, Gervaise sert une oie à ses convives, une oie gigantesque qui, blanche et grasse, n'est pas loin de lui ressembler. Le festin de Gervaise est un massacre. Ses invités mangent les économies de la petite blanchisseuse mais aussi sa réputation, son avenir, et son être tout entier qui se trouve dépecé, dévoré. Dès le chapitre suivant, ce sera la chute, la descente, la déchéance.

À la misère du peuple, s'opposent les richesses du « nouveau commerce » qui avec profusion nourrit et engraisse la classe sociale montante, la petite bourgeoisie. C'est elle qui, copiant dans ses délires culinaires la noblesse des temps anciens se met à table, en profite et se bâfre.

L'abondance à portée de main, manger, au sens propre comme au sens figuré, devient un but ultime.

Zola a douze ans lorsque le prince-président Louis-Napoléon Bonaparte, un an jour pour jour après son coup d'état du 2 décembre 1851, devient empereur de tous les français. Louis-Napoléon Bonaparte que les français ont pourtant élu au suffrage universel n'aura fait qu'une bouchée de la deuxième République.

Plus tard, dans les années 1870, devenu écrivain et publiant un livre par an, Zola lance cette formule lapidaire : «*Le second Empire est une orgie d'appétits et d'ambition*». On pourra donc lire l'ensemble des Rougon-Macquart comme un long et génial développement de cette courte assertion. Ainsi, dans la préface restée célèbre du premier volume, *La Fortune des Rougon*, Zola écrit : «*Les Rougon-Macquart, le groupe, la famille que je me propose d'étudier, a pour caractéristique le débordement des appétits, le large soulèvement de notre âge, qui se rue aux réjouissances.*»

---

[1] In *L'œuvre*, p.371, éd. Folio Classique

Funambule n° 33
Spécial Animal

Fourmis,
Janine Teisson

C'est dans ce jardin que j'ai perdu pour toujours l'amour de Kadidja. Accroupie, elle regardait une fourmilière. Elle avait apporté des miettes qu'elle réduisait en poudre entre ses paumes et laissait la panure tomber directement dans le trou. Elle mettait quelques miettes plus grosses un peu plus loin et s'amusait à voir les fourmis les transporter.

— Tu vois, c'est comme si on était Dieu pour elles.

— Ah ouais ?

J'ai pris un caillou plat sous le buis. Je le tenais au-dessus du trou grouillant de fourmis excitées par la manne céleste. Kadidja me regardait, regardait la foule minuscule. La pierre est tombée en plein dessus. Puis je l'ai reprise et j'ai frappé, frappé. Le petit peuple affolé, estropié, courait en tous sens au milieu des cadavres. Le trou a disparu. Kadidja s'est enfuie avec son sac de miettes et ne m'a plus jamais parlé. Ou bien c'est moi qui n'ai plus osé.

À cette époque je ne regardais plus mon père dans les yeux, de peur d'y retrouver cette insupportable panique. « Il s'éteint », répétait ma mère. Ce verbe était atroce. À cette occasion, elle qui ne sait aimer que les morts, les animaux malades, les étrangers sous les décombres, les siens réduits à rien, s'en donnait à cœur joie. Une fossoyeuse exemplaire. Et lui n'avait que ses yeux pour dire « Je suis encore vivant et j'ai peur. » Kadidja avait dit « Dieu ». Dieu ? Celui qui était en train de tuer mon père ? On peut toujours donner des explications au meurtre, après.

Une odeur de toro,
Bernard Lonjon

C'est bizarre, lorsque Françoise est rentrée à la maison ce soir, elle sentait l'odeur de Manolo. Une odeur âcre d'animaux, de fumier et de paille, de grain et de plume.

L'odeur de Manolo, l'éleveur de taureaux.

Elle m'a fixé au fond des yeux, sans cligner.

Je sais qu'elle a très mal. L'enfant était toute sa vie et rien ne le fera revenir. Ce petit être lui rendait le bonheur que sa propre mère n'avait pu lui donner, plongée trop tôt de l'autre côté du miroir, noyée dans l'étang bordé d'ajoncs et de saules envoûtants.

Manolo maniait la pique comme nul autre, aussi habile à capturer les jeunes taureaux au lasso qu'à dompter les chevaux en les montant à cru. Un pur-sang de la race des éleveurs taurins, tous venaient prendre conseil chez lui. Et lorsque j'ai vu les yeux de Françoise quand elle est rentrée, c'était comme si on m'avait enfoncé la tête dans une eau glacée. Ce froid, je l'avais déjà ressenti il y a dix ans lorsque j'étais entré dans la chambre de la petite et que je l'avais informée du drame qui s'était noué dans le berceau. Pourtant Manolo était un brave garçon, sans histoires. Un fêtard qui n'hésitait pas à recevoir des bandes de copains pour se saouler lorsque le travail ne l'appelait pas de quelques jours. Mais lorsqu'il travaillait, il était sans failles.

Françoise est montée directement dans sa chambre. Mon regard interrogateur ne l'a pas troublée. Elle a fait ce qu'elle devait.

Quand on a frappé à la porte, j'ai su que c'était la police. Le commissaire Leydier a dit que Manolo avait été retrouvé poignardé au milieu de ses taureaux, veillé par ses deux fidèles setters irlandais. Il m'a demandé si j'étais chez moi. Et ma fille ? Nous ne nous sommes pas quittés, m'entendis-je répondre. Ce n'était pas moi qui parlais, pourtant je l'ai dit. Je ne suis plus qu'un vieil homme brisé. J'en ai même rajouté en donnant des détails sur le déroulement de la soirée, le dîner et le coucher de bonne heure car on voulait se rendre à la ville le lendemain pour choisir une nouvelle machine à laver.

L'inspecteur prenait des notes. Le commissaire scrutait la pièce vaste et sombre, pensant trouver des poignards ou couteaux de collection comme celui qui avait frappé Manolo. Ma collection, il y a plusieurs années que je l'ai vendue et j'avais offert le plus beau en corne de gazelle à Françoise lorsqu'elle m'avait dit être enceinte de Manolo.

Bestiaire,
Pascal Nyiri

Chien de Sibérie, merle ou autre divinité, dont l'histoire est sifflée par le vent des plus grandes tempêtes. Chat écrasé là dans la douleur extrême, ou canari mort de soif au soleil, rien qui ne les extrairait du karma le plus sauvage. Vache pour qui j'éprouve une profonde tendresse, coq que je voudrais ridiculiser mais qui me réveille le matin. Finalement, je le mange. Chèvre qui broie les ronces dans sa bouche. Petit écureuil cardiaque. Gypaète qui s'achète un pot de pâté de campagne au Casino du coin. Souris dites de Steinbeck. Araignée à la patience infinie, futée, et qui tisse son fil. Petites chutes libres. Fourmi formidable. Tarentule discrète. Vie monocellulaire. Tigre. Singe et fils de singe. Poissons du Polygone. Mouettes et petits voyous en motocyclettes. Rhinocéros lymphatique, centralise l'avancée de l'enquête. Deux Saint-Hubert fument la pipe, en attendant que Sherlock Holmes ait fini sa gamelle. Un grillon se souvient d'une fameuse pente du côté de Ebay. La girafe gronde son girafon parce que l'orthographe c'est important, ce petit géant qui croyait que seuls les zèbres peuvent exceller en la matière. Ça fait du bruit dans la savane, c'est paru sur Pingouins Mag : un éléphant de mer décide d'aller visiter Paris. Il rencontre un ami en face de la gare Saint-Lazare qui lui replace sa cravate en toile de crabe, une jolie cravate couleur bleuâtre fond des mers. Un hippocampe en profite pour voir qui est là ; pour lui personne, et il repart. Tandis que j'ai la requine au téléphone, elle veut me relire sa page trente-sept, quand tous les animaux s'accordent à l'orée du jour. Dans leur schéma, nous sommes des traits.

L'homme qui savait la langue des serpents d'Andrus Kivirähk, par Joëlle Wintrebert

Imaginez l'histoire de Leemet, un sauvage dont vous allez suivre les aventures depuis l'enfance. Les serpents seront vos amis, les élans s'offriront en sacrifice quand vous sifflerez les sons appropriés, les louves vous donneront leur lait, vous y verrez des ours lubriques ravir les femmes ou les épouser, des grands-pères se fabriquer des ailes ou capturer des vents, des voisins australopithèques élever des poux géants.

Toutes ces merveilles, pourtant, ne réussiront pas à retenir les derniers habitants de la forêt, attirés par les innovations dispensées dans les villages et parées d'une nouvelle magie appelée Jésus, magie des envahisseurs teutons. Les garçons ne rêvent plus que de sacrifier leur virilité pour chanter au côté des moines, et les filles de se faire enlever pour un soir par un chevalier en armure...

Andrus Kivirähk, l'auteur de ce roman traduit de l'estonien, est très populaire dans son pays. Et tout particulièrement pour ce récit inspiré des sagas islandaises. À la fois conte d'une imagination et d'un humour débridés et satire religieuse décapante, sous couvert d'une fable se déroulant dans un XIIIe siècle de fantaisie c'est bien du monde d'aujourd'hui que Kivirähk nous parle. Et ce monde a bel et bien enterré Leemet, l'homme qui savait la langue des serpents.

Éditions Attila, 2013

L'animal recomposé, Jean Domon

L'Animal serait-il la plus belle conquête de l'Homme ? Ce dernier en est persuadé. Avec ravissement ou angoisse selon les cas. Mais parvient-il, cet homme intelligent aux pleins pouvoirs, à en atteindre le secret ? À pénétrer à l'intérieur de ce vivant qui lui fait face et le fascine ?

Le cinéaste Jean-Jacques Annaud, après *La Guerre du Feu*, a voulu remonter plus loin encore aux Origines jusqu'à l'âme de l'Animal. En lui donnant la parole. C'est-à-dire en la lui ôtant! Contre toutes les inventions hollywoodiennes qui font parler les animaux, il nous offre le point de vue de l'Animal par les seuls mouvements de la « bête » et ses grognements. On se souvient du succès que recueillit ce film en 1988. On avait l'impression de voir vivre l'Ours, de se battre et de souffrir avec lui. Un époustouflant documentaire? Non, la plus méticuleuse mise en scène qui exigea 300 km de pellicules pour trois caméras, 1700 plans d'un story-board scrupuleusement respecté au tournage, une armée de dresseurs professionnels, vétérinaires et techniciens en tous genres manipulant 14 plantigrades... bouleversants de naturel! C'est l'Animal primitif mais recomposé, enrichi pour notre bonheur des plus émouvants sentiments et comportements de l'Homme.

Un autre cinéaste nous a offert un Animal recomposé : Nicolas Philibert, en accompagnant avec sa caméra la réouverture de la galerie de zoologie du Musée d'Histoire naturelle. Son regard poétique fait revivre pour notre plaisir cette forêt d'animaux morts que les professionnels de la taxidermie ont amoureusement empaillés, recousus, peints, redressés. Auxquels se sont joints pour l'occasion toute une armée d'ouvriers, manutentionnaires, grutiers, scénographes, conservateurs et autres artisans au service de l'Animale Nature et de sa mystérieuse beauté. Cet œil fixe (de verre) du toucan, cet air pensif de la femelle orang-outan, qui nous regardent en silence, sont comme des questions immobiles et définitives. Nous sommes leur « hors-champ ».

Une autre manière d'ausculter l'étrangeté de ce monde frontalier que l'imagination ou la science de l'Homme ne franchira qu'au prix de rêves ou de mensonges.

L'Ours, de Jean-Jacques Annaud, 1988 / Un animal, des animaux, de Nicolas Philibert, 1994

Un animal parmi d'autres,
conversation avec Jean-Louis Martin, ornithologue
par Françoise Renaud

Jean-Louis Martin est chercheur au CNRS, directeur du Département Dynamique et Gouvernance des systèmes écologiques. Son camp de base est le Centre d'Écologie fonctionnelle et évolutive à Montpellier. Ses terrains de recherche ont été multiples : Finlande, Canada, région arctique... et bien sûr, région méditerranéenne. Depuis 1992, il enseigne la biologie de la conservation.

L'homme est-il un animal ?
Oui. La femme aussi d'ailleurs !

Comment définiriez-vous sa position face au règne animal ?
Un animal parmi d'autres dans le sens où toutes les espèces ont au jour près, la même histoire évolutive derrière elles. Chacune avec ses particularités plus extraordinaires les unes que les autres. Mais l'humain est aussi une espèce qui pèse lourd, si lourd qu'elle est devenue une force géologique.

La théorie darwinienne est-elle pertinente encore aujourd'hui ?
La théorie de l'évolution est une théorie, donc une construction basée sur une collection d'observations et de faits, et non une hypothèse basée sur une intuition qui demanderait à être vérifiée par des observations ou des expériences — nombreux sont ceux qui confondent encore les deux, il me semble. Donc oui, c'est bien une théorie et voilà ce qui fait sa force. Pour la jeter aux orties, il faudrait accumuler foule de faits et d'observations contradictoires. Une bonne compréhension de ce qu'elle implique permettrait à tout un chacun de mieux se situer avec modestie dans le monde et nous aiderait à passer d'une culture de la conquête à une culture du respect, respect des êtres et des limites du monde.

Quel rapport entre l'homme et les oiseaux ?
À mon avis, un regard partagé. L'humain, tout comme l'oiseau, perçoit d'abord le monde à travers les yeux, et les oiseaux nous régalent de ce fait, nous les autres «voyeurs», de leurs couleurs et de leurs chorégraphies aériennes. Aussi une parenté musicale. De tout le règne animal, ils semblent partager avec nous le même univers sonore. Les baleines pourraient être une autre exception, mais plutôt côté musique contemporaine !

Qu'en est-il de l'ordre biologique actuel du monde ?
En très grande détresse. Je crois que nous ne nous rendons pas compte de la gravité de la situation. Et pourtant, tout ce potentiel de vie ne demanderait qu'à s'exprimer, pas seulement dans les jungles et les bois, mais aussi sur nos balcons, dans nos arrière-cours, nos maisons, nos rues, nos jardins. Que de conversations quotidiennes avec la vie sous toutes ses formes sont perdues sans que nous ayons conscience que nos vies en sont infiniment plus pauvres.

Une dernière note… optimiste ?
Que faire ? Inviter la Nature chez soi. Il suffit de lui laisser une place pour qu'elle la prenne ! Chacun de nous a la capacité à faire partie de la solution, à entamer cette mutation de la conquête vers le respect.

Funambule n° 36
Spécial Personnages de romans

Don Q (1605),
François Teyssandier

J'ai toujours eu de l'admiration pour Don Q. Qu'un homme à l'aspect aussi famélique ose se lancer à l'attaque d'un ennemi imaginaire avec la fougue d'un adolescent rebelle, armé d'une lance et montant une rosse efflanquée, quoi de plus admirable en effet ? Surtout quand on sait que les prétendus soldats n'étaient que des moulins à vent aussi inoffensifs que des épouvantails à moineaux qui gémissaient à fendre l'âme et dont les ailes vermoulues tournaient au gré du vent pour moudre un blé qui donnait une mauvaise farine, puis un pain médiocre.

Oui, que d'imagination à la fois pathétique et touchante de la part d'un homme acariâtre qui houspillait sans cesse son valet, dont la panse rebondie débordait de son froc, ce qui ne l'empêchait pas d'être plus lucide que son maître. Don Q. prenait tellement ses désirs pour des réalités qu'il aurait pu devenir un *homo politicus*. Mais il préférait, avec une humilité qui l'honore, aux fastes des Palais la poussière étouffante des chemins de la liberté. Emberlificoté dans un entêtement qui a fait au cours des siècles sa renommée, il se refusait à croire son valet et rejetait ses arguments à grands moulinets de bras qui n'effarouchaient que les oiseaux. Il pouvait faire preuve d'une condescendance un peu hautaine envers cet homme du peuple, mais elle était au fond dénuée de toute méchanceté.

Oui, j'ai toujours été séduit par cet homme aveuglé par sa conception fantasque d'un monde dans lequel il se plaisait à vivoter d'amour platonique, de pain rassis et d'eau pas toujours fraîche. Sa naïveté enchante. Elle est pure comme celle d'un homme qui se réfugie dans ses rêves. « Foin du réel ! », telle était sa devise. La pauvre Rossinante aurait pu dire la même chose si elle avait eu l'usage de la parole et si son maître lui avait donné assez à manger chaque jour, ce qui n'était pas le cas.

Je me demande si je ne devrais pas avoir le courage d'imiter Don Q. Pas seulement parce que je pratique moi aussi l'équitation, pas seulement non plus parce que je pars en guerre contre tous les faux-semblants de notre société mercantile, mais parce que j'aimerais que l'on reconstruise et dissémine un peu partout des moulins à vent qui redonneraient aux paysages saccagés par la main de l'homme leur charme d'antan. Me voilà prêt à partir en croisade, avec pour seule arme de combat des discours aussi verts que les prés de mon enfance, pour porter la bonne parole dans les campagnes les plus déshéritées de notre pays. Il me faut à présent trouver mon Sancho P. Un homme intègre et dévoué qui me suivra fidèlement comme mon ombre, tout en gardant son libre arbitre. Ensuite, advienne que pourra !

Miguel de Cervantes Saavedra (1547-1616)
Romancier, poète et dramaturge espagnol. Après des études succinctes, il devient soldat. Participe à la bataille de Lépante (1571) au cours de laquelle il perd sa main gauche. Retenu prisonnier à Alger, il regagne son pays en 1580. Après un roman pastoral, *La Galatea*, il publie son chef-d'œuvre *L'Ingénieux hidalgo Don Quichotte de la Manche*, en deux parties (1605-1615), un roman picaresque, parodie drolatique des romans de chevalerie. Il écrit aussi des poèmes, dont *Le Voyage au Parnasse* (1614) et des œuvres théâtrales. *Le Siège de Numance* a traversé les siècles. Ses personnages Don Quichotte, Sancho Panza, et Dulcinée sont devenus mythiques.

Orlando (1928),
Maud Saintin

Orlando, sans hésiter, à suivre et à rêver.

Orlando est un personnage fantastique dont la profondeur prend le pas sur l'histoire. Malgré son destin extraordinaire, sa poésie, sa mélancolie, son extrême sensibilité l'éloignent des héros de roman d'aventures classiques.

Qui n'a jamais rêvé de changer de sexe au cours de sa vie, pour finalement rester femme, tout en connaissant les secrets et les faiblesses des hommes ? Qui n'a jamais fantasmé de vivre une vie de plus de quatre cents années, de croiser les artistes de chaque époque, d'avoir le temps de creuser en son âme, quand une simple vie ne suffit pas pour se connaître ?

Orlando est cet être, à la fois de surface et de fond, à l'existence féérique et simplement humain. Il est aussi l'incarnation du merveilleux dévoilé. Ce que Virginia Woolf nous offre à travers son histoire est la révélation de la magie de la littérature : ce lieu où tout est possible

Orlando a été et reste pour moi LE personnage rêvé et celui que j'aurais aimé inventer. Il fut ma prise de conscience de cette liberté infinie qu'offre la plume. *Orlando* est mon vertige par le haut, symbole de la toute-puissance enivrante de l'imaginaire.

Virginia Woolf (1882-1941)
Écrivaine et poétesse féministe anglaise. Par leur construction narrative, la profondeur psychologique des personnages et leurs envolées lyriques, les romans de Virginia Woolf font d'elle un auteur majeur et novateur de la littérature du XXe siècle. Elle a également publié des essais sur l'éducation féminine, les traumatismes de l'enfance, la guerre, la société britannique de son époque.

Hercule Poirot (1920),
Andrée Lafon

C'est un petit homme replet, au crâne en forme d'œuf, à la moustache bien peignée, pas vraiment séduisant. Il agace par ses manies, ses obsessions, ses gestes méticuleux de vieux garçon, il est même un peu ridicule. Ce qui plaît chez Hercule Poirot, on ne le sait pas tout de suite. Le jour où vous prend l'envie d'aller le retrouver entre les lignes, de passer un moment en sa compagnie, le mal est déjà fait : une sorte d'envoûtement vous a saisi à votre insu, qui vous aimante vers la finesse de ses réflexions, son génie à percer le Mystère. Et quand il se décide à révéler la clé de l'énigme, quand sa voix s'élève, devant un parterre médusé, pour dévoiler le nom d'un assassin que personne n'avait prévu, quel silence religieux pour l'écouter ! Quelle envergure surprenante !
Un drôle de bonhomme… On ne sait rien de son passé sinon qu'il est belge, qu'il n'a pas de famille, pas de proche. Un seul ami et confident, le capitaine Hastings. Il reste étranger à ses collègues, tenu un peu à l'écart, mais ne s'en inquiète pas. Il a l'aplomb des êtres de petite taille qui ont surmonté le complexe d'infériorité de leur enfance. Il se vante de comprendre plus vite que les autres, d'avoir une logique plus rigoureuse, d'user avec talent de ses « petites cellules grises ». À quoi bon aller sur le terrain du crime à la chasse aux indices, s'abaisser à flairer des traces suspectes, déchiffrer les empreintes à la loupe ? D'autres le font pour lui. Il préfère provoquer des tête-à-tête, des promenades où l'on discute de sujets anodins, dans l'attente d'un mot révélateur. Ou s'installer dans un fauteuil confortable, fermer les yeux et réfléchir. Il rassemble les signes recueillis, met en ordre les témoignages, repère les contradictions. Il recrée l'histoire du meurtre qui vient d'être commis. Avec une confiance en lui désarmante. Séduisant aussi, le décor de ses aventures. Parfois un voyage dans l'Orient-Express ou une croisière sur le Nil. Mais la plupart du temps un cottage bien astiqué, le coin du feu, le thé à cinq heures, le service en argent. La sobriété campagnarde de bon ton, les costumes de tweed et les bottes vernies. Ses interlocuteurs sont presque tous bien élevés, ses partenaires distingués, jamais un mot plus haut que l'autre. Et tout à coup, du plus profond de la quotidienneté tranquille et sans histoire, dans

ces lieux rassurants, au cœur même du bien-être, va surgir l'horreur d'un crime que l'on n'attendait pas. De personnages sympathiques, devenus familiers, vont émaner des haines inavouables. C'est l'inquiétante étrangeté, l'effroyable qui peut apparaître auprès de chacun de nous, pour ne pas dire en chacun de nous. Notre inconscient ne voulait pas l'entendre, mais il finit par nous en imprégner : nul n'est à l'abri du meurtre, victime ou auteur.

J'aurais voulu garder au détective le visage qu'il m'avait inspiré dans mes premières lectures. Hélas ! Cinéma et télévision m'ont imposé un Poirot qui n'était pas le mien. J'essaie de l'oublier, mais il vient me narguer, effacer celui de mes rêves, qui devient de plus en plus flou.

Agatha Christie, dit-on, a fini par être excédée par son héros, par les traits de caractère qu'elle lui avait donnés. Elle a décidé de le tuer (elle savait y faire), elle a donc écrit «Hercule Poirot quitte la scène». Il s'est vengé : quelques mois plus tard, elle disparaissait elle aussi.

Agatha Christie (1890-1976)
Une vie qui pourrait paraître banale : naissance en 1890 d'Agatha Miller, dans une famille aisée de la bourgeoisie anglaise du Devon. Enfance heureuse auprès de parents qui l'éduquent à domicile. Elle perd son père à 11 ans. Rencontre son futur mari en 1912, Archibald Christie, aviateur, dont elle aura une fille, Rosalind, et dont elle gardera le nom. La guerre les éloigne. Elle s'engage comme aide-chimiste dans un dispensaire. Après que son mari l'a quittée, elle épouse Max Mallowan en 1930, archéologue qu'elle accompagnera en Égypte et dans le Proche-Orient.
Elle mourra en 1976, après avoir été anoblie par la Reine.
Mais comment est-elle devenue l'auteur de romans policiers le plus lu au monde ? Qu'est-ce qui l'a prédisposée à être la «Reine du crime» ? Peut-être la solitude de ses jeunes années, peuplée de compagnons imaginaires. Ou l'apprentissage de la musique et du théâtre qui a façonné ses goûts artistiques. Ou sa passion pour la lecture qui lui a fait découvrir très tôt les œuvres d'Alexandre Dumas, d'Edgar Poe ou de Conan Doyle et l'a incitée à perfectionner le roman à énigmes ? Toujours est-il qu'elle a écrit 80 romans et recueils de nouvelles, parmi lesquels quelques chefs-d'œuvre connus de tous : *Le meurtre de Roger Ackroyd*, *Dix petits nègres*, *Le Vallon*, *Le Crime de l'Orient-Express*.

Mes héroïnes,
Bernard Lonjon

J'aimais m'imaginer en Fabrice del Dongo, aussi naïf que brave, rêvant de ma tante, la sublime Sanseverina. Bien sûr j'avais déjà fantasmé sur l'ardeur brûlante et la grâce dansante d'Esmeralda, la gitane hugolienne. Comme Flaubert aima Bovary, moi aussi j'ai aimé Emma. Tout comme son pendant russe, la sophistiquée Anna Karénine, surtout sous les traits de la divine silhouette et de l'irrésistible charme de Greta Garbo dans l'intimité d'une salle obscure. J'ai aussi été séduit par l'inébranlable détermination d'Angélique face au balafré boiteux du Languedoc, par la sexualité débridée d'Emmanuelle dans son si romantique fauteuil en rotin, tout comme j'avais rêvé, au fond des draps froids de ma pension auvergnate, de la douceur et de la sensualité de Constance Chatterley, cette femme libre et sensible aux luttes sociales, lorsqu'elle s'élançait sous la pluie, nue, les hanches pleines et les seins lourds, pleins de promesses. Nana, née tout juste un siècle avant moi, que Zola transforma en mégère du sexe et qui, comme la fiancée du pirate de Nelly Kaplan (sous les traits de Bernadette Laffont) mit à feu et à sang quelques bourgeois corrompus et notables imprudents, m'avait sublimé.

Que dire alors de ces deux gamines malicieuses, d'une beauté exquise, un brin perverses, curieuses et insolentes, vagabondant dans le métro, narguant les clients, jouant les *Claudine* libertines et sauvageonnes. Tandis que Lolita lèche sa glace, innocente, sous le regard de l'homme mûr en désir, sa copine Zazie déguste sa bière au goulot tout en fouillant la braguette des passants. Elle ne dédaigne pas les zizis pour tenir tête à ces zazous d'un autre âge. On est bien loin d'Alice, la donzelle qui se pavane au milieu de ses merveilles.
Il fut un temps aussi où la tendre perversité de Manon Lescaut me séduisit. Plus récemment, Adèle Blanc-Sec ne me laissait pas indifférent. J'aimais son acharnement à rechercher la vérité dans ce Paris mystérieux peuplé d'étranges personnages, elle me faisait songer à Milady, la redoutable espionne de Richelieu que Dumas avait transcendée.
Mais, chaque fois que j'écoute Sanseverino chanter ses Sénégalaises,

je revois ma séduisante duchesse, Gina Sanseverina, la trentaine assurée, capable à la fois d'initier son jeune neveu, de le corrompre en jouant les dominatrices, tout en se soumettant à un tyran manipulateur, voire dangereux. Elle enchantait mes nuits adolescentes enfiévrées par son pouvoir magique qui a fait de ce roman de Stendhal le phare de mes dissertations.

Theodore Decker, narrateur du roman de Donna Tartt, Le chardonneret (2014), par Anne Bourrel

J'ai rencontré Theodore Decker. Il habite un bloc de sept-cent-quatre-vingt-sept pages. Héros ou antihéros de notre modernité, je ne saurais dire, sa force évocatrice m'a ramenée aux grands personnages de la littérature, comme Oliver Twist, Anna Karénine, le prince Mychkine ou Nathan Zuckermann. Bien sûr, on ne choisit pas ses héros au hasard. Il faut que quelque chose en eux résonne en nous ; c'est-à-dire raisonne en nous.

Lorsque je lis un roman, il y a deux lectrices en moi. Celle qui lit pour le plaisir et celle qui lit pour réfléchir à l'art du roman. La première s'est laissée émouvoir dès la première phrase par ce *bad boy* malgré lui, empêtré dans les pas-de-chances-de-la-vie.

« J'étais encore à Amsterdam lorsque j'ai rêvé de ma mère pour la première fois depuis des années. » Malade et fiévreux, seul au fond d'une chambre d'hôtel en Hollande, Theodore Decker se souvient comment quatorze ans plus tôt, alors qu'il n'était qu'un tout jeune garçon, il a été victime d'un attentat dans un musée de New York, sa ville natale et comment sa vie s'est brisée en mille morceaux tranchants.

Theodore, dit Theo, dit Potter, a passé sa vie d'adolescent et de jeune adulte dans les affres de la culpabilité et du chagrin. Sa mère est morte dans l'attentat. À la suite de divers événements, il sort du musée avec un chef-d'œuvre de l'art du XVIIe : *Le chardonneret* de Carel Fabritius. Theo porte alors une double culpabilité ; celle du vol et celle de la mort de sa mère. Comme l'oiseau du tableau, *prisonnier de la lumière, petit prisonnier stoïque*, il regarde le monde qui l'entoure avec un œil vif et aiguisé.

Il a une chaîne à la patte. Sa liberté est limitée. Son horizon épouse les limites de son traumatisme. Il sait que cette vie est une chiennerie mais il s'y accroche ou plutôt la vie s'accroche à lui. Son obsession à vouloir s'extraire de ce qui est son histoire malgré lui, la volonté de devenir ce qu'il a choisi d'être, plutôt que de se soumettre à ce que la vie a fait de lui, me semble constituer le moteur du personnage.

C'est un plaisir de lecture immense que de repérer les mécanismes d'écriture. L'autre lectrice en moi, disons la professionnelle, a été émerveillée par la technique dont l'auteur fait preuve dans la construction du personnage et du roman. Le métier de cette Américaine est aussi époustouflant que celui de Fédor Dostoïevski ou de Léon Tolstoï, avec en plus le goût de notre époque. Theo est résolument moderne. Et c'est aussi cela qui le rend si proche.

À l'opposé de Theodore Decker dont la silhouette est à peine ébauchée comme dans un roman de Marguerite Duras, les autres personnages sont décrits avec minutie selon une technique héritée du XIXe (le maître de Donna Tartt en littérature est Charles Dickens). Ce contraste donne une impression de vertige et de profondeur d'où est née mon immédiate empathie.

Theodore Decker, au croisement de plusieurs traditions littéraires, est un personnage d'une si grande envergure que le plaisir de la lecture est aussi intense que le plaisir intellectuel. Mes deux lectrices internes sont comblées. Theo, c'est de la vie pure ; ce qui représente à mes yeux le degré le plus haut de l'art du roman.

Éditions Plon, 2014

Donna Tartt (née en 1963)
Femme écrivain américaine. Elle publie *Le Maître des illusions* (*The Secret History*) en 1992, vendu à plus de cinq millions d'exemplaires. *Le Petit Copain* (*The Little Friend*) paraît en 2002. Onze ans plus tard, *Le Chardonneret* (*The Goldfinch*) obtient le prix Pulitzer de la fiction.

3

Bouillon de culture

En mémoire de Bernard Pivot, décédé en mai 2024,
au moment où ce livre était conçu.

*Une partie dédiée aux nombreuses chroniques consacrées
aux livres et à leurs auteurs.*

Les Amants de Bagdad
de Jean Reinert, par Anne Bourrel

Au moment où s'ouvre le récit, nous sommes en Irak, en 2003.

Les voix que l'on entend sont celles de deux jeunes gens, Elle et Lui, qui se rencontrent et vont s'aimer dans l'improbable légèreté d'une terrasse que l'on dirait suspendue dans le vide.

Le dialogue amoureux et l'échange de poèmes permettent l'avancée du livre en même temps que les bombardements font rage.

La force magnifique de l'Amour s'oppose à la tragédie de la destruction et dans cette guerre de plus en plus présente, de plus en plus bruyante, la voix des deux amants s'élève au-dessus des combats : chant, ode, épithalame.

Jean Reinert écrit dans une langue métissée, non seulement parce qu'il cite abondamment les auteurs arabes (Abû Nuwâs, Samih al-Quassim, Nazik al-Mala'ika...) jusqu'à tissage de son récit avec les poèmes dont il se souvient, mais aussi parce qu'il y a dans cette écriture très limpide des accents dignes des raffinements de la langue arabe. Ce livre est audacieux et terriblement attachant. La littérature est bien loin d'être en péril !

Éditions Verticales, Gallimard, 2006

La mariée mise à nu
de Nikki Gemmel, par Joëlle Wintrebert

« J'ai le sentiment que quelque part en vous, il y a quelqu'un dont nul ne sait rien », est-il écrit en exergue, au début du livre. D'une femme brusquement disparue, et qui apparaissait aux yeux des autres comme « la bonne épouse satisfaite », on découvre le livre qu'elle écrivait sur son mariage, et comment après s'être longtemps conformée à son très pâle rôle social la trahison de son mari avec sa meilleure amie sert de déclencheur à sa reconstruction. Un homme en est l'instrument. Vierge, il est une pâte qu'elle pourra modeler à sa guise, découvrant à la fois les vertiges insoupçonnés d'un plaisir sexuel qui se refusait jusque-là et une forme de toute-puissance.

Initialement paru de façon anonyme, ce que l'auteur avait souhaité pour traiter ce livre (dédié à son mari, à tous les maris) avec autant de liberté que d'honnêteté, Gemmell a été traquée, son identité dévoilée, mais elle avait atteint son but, avec ce texte en abyme, à la fois cru et poétique, mis à distance par l'emploi assez inusité d'un récit en « vous », et partagé en 138 « leçons » dont les titres sont tirés de textes de l'ère victorienne destinés aux femmes. Un manuscrit anonyme trouvé à la Bibliothèque bodléienne d'Oxford a particulièrement inspiré Gemmell dans sa volonté d'avancer masquée : De la valeur des femmes, Traité prouvant par diverses raisons que les femmes surpassent les hommes. Dépouillant l'une après l'autre toutes les conventions qui entravent les épouses soumises, ce récit iconoclaste et inclassable nous montre bel et bien un auteur mis à nu.

Éditions Au diable vauvert, 2007,
traduit de l'anglais (Australie) par Alfred Boudry

Tes yeux bleus occupent mon esprit
de Djilali Bencheikh, par Françoise Renaud

Un pays : l'Algérie. Un garçon qui s'appelle Salim. À son entour la tribu Benouali : père autoritaire et mère bienveillante avec nichée de frères — difficile de les dénombrer tous — dont l'exilé Miloud en mal d'avenir, Elgoum l'ennemi proche en âge ou encore le turbulent Hamid sans compter quelques sœurs déjà mariées.

En 1954 Salim a dix ans. Son avenir d'enfant du douar est tout tracé : devenir berger. Pourtant l'école des roumis qu'il fréquente va le conduire au lycée moderne d'Orléansville. Assez des melons et des moutons, il a soif de ville et de jolies filles. Le début du paradis, songe-t-il.

Mais son pays est en proie au fracas de l'histoire. Lui peine à comprendre, à trouver sa place entre colons et fellagas.

«Quand je serai grand… si l'Algérie n'est pas encore indépendante, je rejoindrai moi aussi le maquis.»C'est vrai que Salim nous amuse, toujours pris entre deux frères, entre deux feux. Il nous amuse quand il raconte son ascension en tête de classe, son apprentissage aux versets du Coran ou son dépucelage — ah ce petit côté «Les aventures du gentil Salim». *Et puis l'air de rien, on rentre dans sa tête d'enfant intelligent à la logique toute personnelle, on participe à ses émotions, on ressent son silence. On retient même nos larmes au chevet de son frère Ahmed terrassé par le choléra.*

Entre roman d'apprentissage et autobiographie, entre tendresse et tragédie, le roman de Djilali Bencheikh nous rentre dans le corps. La lecture devient alors un vrai «remède contre l'ennui» et les yeux bleus de mademoiselle Piette rallument l'espoir de rassembler un jour les peuples.

Éditions Elizad, 2007

Pour planter des arbres au jardin des autres
de Gilbert Léautier, par André Gardies

Agaçant, agaçant de prime abord, avec ses formules convenues pour faire paysan, comme cet article devant tous les prénoms : «la Louise, l'André, le Boromé» ou certains usages singuliers comme «l'entier», «faire notre suffisance», «se crier le bonjour» ou encore diverses images relativement attendues; mais quelque chose résiste, insiste, finit par vous obliger à écouter à nouveau le texte et à lui découvrir l'une de ses qualités majeures : l'inventivité verbale, celle qui en un mot dit ce qui ailleurs aurait demandé deux trois phrases. Ainsi : *Il promenait deux chiens. / J'en vagabondais trois.* Que de liberté derrière cet usage transitif du verbe *vagabonder*! Pour preuve encore ces jeux de construction sur des oppositions : *Il allait par le haut. / Je venais par le bas. / Je montais le tournant. / Il descendait la vallée.* Ainsi, de page en page se déploient ces «portraits cévenols» dont l'impression de vérité est indéniable.

Mais s'il ne s'agissait que d'un effet? «Portraits» nous annonce-t-on, plus juste peut-être serait «croquis». Du portrait n'attend-on pas une vérité lentement approchée, touche après touche? Or, avec nos personnages on va droit au trait le plus remarquable, voire spectaculaire, quitte à accentuer les contrastes. Porter au premier plan ce qui caractérise, isole, résume cet art du croquis, Léautier le possède au plus haut point.

Un doute encore : cévenols seraient ces portraits, mais ardennais ou vosgiens n'auraient-ils pas même droit d'élection? Ce fond paysan où l'on ne parle jamais pour ne rien dire, où l'on prend le temps de tourner sa langue sept fois, le temps d'observer l'étranger, le temps de laisser les actes s'accomplir plutôt que de se fier aux paroles, tout cela est-il bien caractéristique du cévenol? Bien des terroirs ne pourraient-ils pas revendiquer les mêmes caractéristiques?

En fait, et c'est là la réussite de l'ouvrage, par son art de jouer avec et sur les mots, par les créations verbales qui émaillent chaque ligne ou presque, un monde imaginaire nous est proposé là où nous croyons être devant la vérité d'une réalité. Le plaisir de se laisser leurrer, n'est-ce pas aussi ce que l'on demande souvent à la littérature?

Portraits cévenols, tome 1, Éditions Alcide, 2007

Tombeau de Julien Gracq, par Antoine Blanchemain

Julien Gracq est mort. Ah oui !... *Au château d'Argol, Le rivage des Syrtes,* prix Goncourt.

Comme toujours — ou presque —, l'anecdote l'a emporté dans les commentaires (mais il aurait alors fallu rappeler aussi que le premier ouvrage cité fut édité à compte d'auteur par José Corti, qui en vendit 348 exemplaires...).

À bien y réfléchir, cependant, le refus du Goncourt dépasse l'anecdote en ce sens qu'il met au jour l'immense respect qu'avait Gracq pour la littérature, qu'il plaçait bien au-dessus de tous les hommages mondains. On ne comprend rien à cet auteur si l'on ne prend pas en compte le fait que toute sa démarche d'homme était fondée sur la nécessité « de faire littérature de tout » (qu'on me pardonne cette trivialité), et si l'on oublie que l'écrivain était d'abord un géographe, c'est-à-dire un homme qui sait non seulement regarder, mais voir, sachant débusquer une vérité première derrière une petite église de l'Aubrac (*Les carnets du grand chemin*) aussi bien que derrière « Le rouge et le noir » *(En lisant, en écrivant).*

Un écrivain d'une culture littéraire dont il y a peu d'équivalents et dont l'écriture se reconnaît entre toutes : ardemment précise (pouvant atteindre les rives de la préciosité) et incroyablement dense. Une écriture de peintre, capable de doter chaque détail d'un paysage d'une capacité d'évocation tellement puissante qu'elle peut obliger le lecteur (je ne parle que de moi) à s'interrompre au bout de dix à quinze pages afin (qu'on me pardonne encore) de digérer tout ce qu'on ne saurait assimiler en un seul regard, à la façon du serpent qui somnole un instant pour digérer après avoir avalé une trop grosse proie.

On l'a dit « écrivain de l'attente » et c'est vrai, mais *Le rivage des Syrtes* vaut-il plus que *Le désert des Tartares,* son contemporain ignoré (de Julien Gracq) ? Là encore, je crains que l'anecdote ne nous égare. Pour ma part, c'est en lisant et relisant *La presqu'île, Un balcon en forêt* et *Les eaux étroites,* que j'ai rencontré Gracq et cheminé dans son ombre. Des livres où l'on voit à l'ouvrage un écrivain saisi par une émotion personnelle ériger sans coup férir celle-ci en une architecture aussi richement dépouillée qu'une église romane du Xe siècle. Ou encore, un écrivain capable d'interrompre définitivement un roman (*La route*) — si belles qu'en soient les prémices — parce que, disait-il, il n'avait pas su trouver le ton nécessaire, montrant ainsi qu'il savait s'appliquer la rigueur qu'il attendait des autres et, par là, comme je le disais, le respect qu'il avait de la littérature.

Enfin, peut-on mêler plus intimement le souvenir d'un paysage d'enfance à celui des lectures ultérieures, de Nerval ou de Balzac ? Lisez — ou relisez — *Les eaux étroites* et gardez à portée de main (sur votre table de nuit, par exemple) *Lettrines I et II* ; et puis, de temps en temps, laissez-vous rappeler à l'ordre par *La littérature à l'estomac*.

Bref, lisez tout Julien Gracq.

Le sourire de Cézanne
de Raymond Alcovère, par Françoise Renaud

Comme dans une toile de maître, les personnages du roman, Léonore et Gaétan, prennent place dans le paysage et dans l'architecture des villes. Au fil des rencontres, la couleur leur monte au visage et l'amour — improbable — développe autour d'eux un halo irréel. Sensualité des corps langoureux ou pressés, lumière dorée ou entrées maritimes : « ... gris infusé du ciel, cette bruine lancinante, le temps de la mer... ». On reconnaît cette ville du Sud où vit Gaétan, le goût qu'a l'écrivain pour elle. Et puis Léonore travaille sur un livre : « Un chapitre par peintre, raconter son regard, sa vision du monde. » Ainsi la naissance de l'amour, la littérature et la peinture se trouvent-elles liées, intimement mêlées.

« L'artiste décompose puis recompose le monde. Volume, éclairage, couleurs, forme, les éléments s'assemblent dans un ordre amoureux. » On aime tellement quand Raymond Alcovère nous parle de la compassion de Greco, de l'harmonie chez Poussin, de la plénitude de Cézanne. Pas une seule page où il ne nous donne à percevoir l'urgence à vivre et regarder autrement. Habité de lumière, on poursuit la lecture comme on suivrait un chemin plutôt que de s'en retourner au quotidien turbulent. Une fois le livre achevé, on puise encore au hasard quelques-uns de ces mots parfaitement ordonnés, simples, qui pourtant nous donnent accès au « ressort intérieur des choses ».

Éditions n&b, 2007

De l'adaptation d'un roman au cinéma : *Mon colonel*, témoignage de Francis Zamponi

Lorsque, en 1999, j'ai écrit *Mon colonel*, mon premier roman, je n'imaginais pas qu'il serait adapté au cinéma sept ans plus tard. La preuve, j'avais signé, sans discuter une seconde, le contrat d'édition alors qu'en négociant, j'aurais peut-être obtenu un peu plus que les 50 % des droits audiovisuels traditionnels... Hormis cette légère frustration financière, je n'ai aucun regret, bien au contraire.

À mon sens, le film, dont le succès commercial a malheureusement été plus que modeste, est parvenu à recréer l'ambiance de l'Algérie française en guerre que j'avais essayé de dépeindre avec mes mots. J'avoue que lors de la première projection, j'ai eu du mal à réaliser que les personnages que je voyais sur l'écran, et qui échangeaient les répliques que j'avais rédigées, étaient bien ceux auxquels j'avais donné naissance. Cette harmonie entre livre et film explique que je me précipite pour participer aux débats qui suivent les projections. Et je suis à l'aise pour répondre aux questions des spectateurs puisque, la plupart du temps, ce sont celles que je me suis posées pendant l'écriture.

Cet accord profond entre les images et mes mots n'est pas fortuit. Avant qu'ils ne me contactent, je ne connaissais ni le réalisateur Laurent Herbiet ni Costa Gavras l'adaptateur, mais très vite nous nous sommes lancés dans de longues discussions. Ou plutôt, dans des interrogatoires serrés durant lesquels j'ai été questionné sur la généalogie de mes personnages et les raisons pour lesquelles je leur avais fait accomplir tel ou tel geste. J'ai appris depuis qu'aucun d'entre eux n'était obligé d'en passer par moi pour travailler puisque j'avais vendu mes droits. Ils auraient très bien pu ne jamais me rencontrer et je n'aurais eu, si le film m'avait semblé épouvantable, que la possibilité de retirer mon nom du générique. Une perspective à laquelle je préfère ne pas penser.

J'ai compris que la vision du film ne m'obligerait pas à une telle extrémité lorsque j'ai assisté à une partie du tournage en Algérie sur les lieux mêmes où j'avais situé l'action du roman. Les décors étaient ceux où j'avais passé une partie de mon enfance et les figurants avaient vécu la Guerre d'Algérie ou étaient les enfants de ceux qui l'avaient faite. Quant aux acteurs, ils jouaient exactement comme avaient vécu les personnages dont je m'étais inspiré. Dans un tel contexte, une trahison était pratiquement inenvisageable. Elle n'a pas eu lieu et j'ai du mal aujourd'hui, lorsque je revois le film, à distinguer ce qui vient de moi et ce qui provient de ses adaptateurs. Une sensation incomparable que tous les auteurs adaptés, en particulier pour la télévision, n'ont pas eu la chance de connaître.

Mon colonel, roman Actes Sud-Babel noir, 1999,
film français réalisé par Laurent Herbiet, produit par Costa Gavras, 2006

De l'adaptation d'un roman au cinéma : *Figurec*, témoignage de Fabrice Caro

Dans mon cas, mon rôle a été réduit au strict minimum, à savoir : vendre mes droits.

Je n'ai pas été sollicité pour participer au scénario. Il a été aussitôt confié à des gens chevronnés. Il m'est apparu d'ailleurs que le sérail des scénaristes/adaptateurs était une forteresse bien gardée… Quand bien même on m'aurait proposé d'y participer, j'aurais probablement décliné. Je n'avais pas envie de retravailler mon propre texte. Ça me donne une impression de stagnation. De la même manière, je n'ai pas souhaité participer à l'adaptation BD faite chez Casterman par Christian De Metter. Quand un travail est terminé, j'aime passer à autre chose. Le décliner sous différentes formes ne m'intéresse pas. J'ai d'ailleurs du mal à saisir la démarche artistique qui pousse les auteurs à adapter leur propre texte au cinéma.

Je n'ai aucun droit de regard sur le travail qui se fera et sur ce que deviendra mon roman une fois porté à l'écran. Je comprends qu'une telle mise à l'écart puisse irriter certains auteurs. Moi ça ne me gêne pas outre mesure. Je pars du principe que mon œuvre à moi est close, achevée aussitôt qu'elle est publiée sous forme de roman. Tout ce qui s'est fait ou se fera ne m'appartient plus, c'est tout autre chose qui n'engage en rien ma responsabilité, qui ne me concerne pas. Artistiquement j'entends. Financièrement, c'est autre chose puisqu'on part d'une matière première que j'ai créée.

Je serai néanmoins invité lors de la pré-projection afin de décider, après visionnage, de laisser ou non au générique la mention « d'après le roman de… ». Quel que soit le résultat, pour les raisons que je viens d'énoncer, je laisserai cette mention. Encore une fois, il s'agit d'une autre œuvre, d'une autre démarche, étrangère à la mienne.

Figurec, roman Gallimard, 2006,
film réalisé par Alain Berbérian et produit par Few Productions, 2008.

Mari et Femme
de Régis de Sá Moreira, par Anne Bourrel

Pour Régis de Sá Moreira aucun fantasme n'est impossible : tout peut être écrit, voire vécu, et tout ce que l'on a souhaité, imaginé, rêvé, finit par se produire. Ce que l'on n'imaginait pas aussi, d'ailleurs, finit par arriver :
« Pour leur premier matin, la maison leur avait réservé une surprise. Elle s'était déplacée à l'orée d'une forêt, au bord d'un lac aux rives inhabitées »
(*Pas de temps à Perdre*, p. 120)
Comme on parle de bande dessinée, on pourrait dire qu'il s'agit ici de *roman dessiné*. Régis de Sá Moreira, au fil de ses publications, invente un monde neuf, coloré, aimant et généreux qui s'apparente aux comics de notre enfance. Le 25 août 2008 sortira, toujours au Diable vauvert, son nouveau livre intitulé : *Mari et Femme*.
Un homme et une femme, dont on ne connaîtra ni les noms ni les prénoms, sont mariés depuis longtemps et ils ne se comprennent plus :
« Vous vous dévisagez à présent, ta femme et toi, toi et ta femme, assis l'un à la place de l'autre à la table de votre cuisine. Vous vous accrochez à la table. Vous essayez de supporter ce qui vous arrive. De vous supporter. »
(*Mari et Femme*, p.15)
Comment se sortir de cette maigre ligne narrative lorsqu'on s'appelle Régis de Sá Moreira et que l'on est un romancier libre et inventif ? Les deux personnages vont devoir se mettre à la place de l'autre... mais d'une manière folle, fantasmée, extraordinaire. Bien sûr, je ne vous dirai pas comment, je ne veux pas gâcher votre plaisir, votre amusement, votre surprise... Mais si vous avez lu *Pas de temps à perdre*, reportez-vous à la page 249, vous verrez que les deux amants Ben et Fontaine, eux aussi le temps d'une nuit, ont eu la chance de vivre pareille aventure ! Ce livre, qui aurait pu se contenter de n'être qu'une bonne plaisanterie commise par un auteur facétieux, parvient brillamment et avec la tendresse si caractéristique de l'écriture de Régis de Sá Moreira, à poser la question du genre... de l'intérieur !
Régis de Sá Moreira — écrivain franco-brésilien, natif de Boulogne-Billancourt, huitième enfant d'une famille de dix — a aujourd'hui 35 ans. Ses influences : Richard Brautigan, Steinbeck, Salinger, Buzzati.

Éditions Au diable vauvert, 2008

Comment j'ai fumé tous mes livres
de Fatma Zohra Zamoum, par Arlette Welty-Domon

Malgré le nom de l'auteur, on ne trouvera aucun exotisme dans ce livre (récit, essai, roman?) mais des considérations personnelles, banales à première vue, puis de plus en plus fantaisistes, astucieuses, humoristiques, originales, drôles sur l'écriture, les écrivains et les libraires. « Le libraire pense que j'ai l'enthousiasme des néophytes... La différence essentielle entre lui et moi, c'est que lui vit en ménage avec les livres alors que je suis juste amoureuse de la littérature. »
Prétextant vendre peu à peu toute sa bibliothèque pour s'acheter des cigarettes, Fatma Zohra Zamoum nous entraîne dans une jolie métaphore existentielle pour nous faire comprendre cet amour fou de la littérature, son besoin de consommer par l'intérieur toute lecture et ses difficultés à écrire elle-même un livre. Traitant les livres comme des objets vivants « qui s'échappent dès qu'ils sont fermés... dès qu'on tourne une page, dès qu'ils sont placés à côté d'autres, ils s'échappent dès qu'on les lit... », elle en fait sa raison d'être, sa nourriture, sans pour autant se prétendre « écrivain ». Et c'est cette humilité inattendue chez une « écrivante » aussi raffinée, qui force notre sympathie et finalement, notre attachement.
Française d'origine algérienne, Fatma Zohra Zamoum est cinéaste et scénariste. Elle est aussi professeur d'Histoire de l'art à l'université de Marne-la-Vallée.

Éditions La chambre d'échos, 2006.

La Chambre de sable
de Joëlle Wintrebert, par Claude Ecken

Marie adolescente révoltée. Sylvana, sa mère, fonctionnaire, a les manières ternes et étriquées des déçus de la vie. Marie découvre dans des lettres que le père est parti quand elle était enceinte. Elle lui préfère son amie, Nana, une artiste peintre aussi fantasque et gaie que sa mère est posée, capable de voler dans les supermarchés par anticonformisme. Dans l'immeuble habite aussi Papa Maline, sympathique marabout sénégalais qui parle parfois de les épouser toutes les trois. Marie, dans sa chambre décorée en plage par Nana, se goinfre de mots nouveaux, rêve et s'invente des jeux. Comme celui de suivre ce nouveau locataire, Justin, vieil homme discret et peu liant, qu'elle va pourtant amadouer. Photographe amateur, il en fait son modèle. Nana la met en garde, Marie ne voit pas où est le mal. Elle constate, en revanche, les bassesses et les compromissions des adultes, les préjugés et les mensonges. Toutes les chambres de sable finissent par s'effondrer un jour. Un drame est près de se nouer.

Il serait réducteur d'assimiler ce livre à un récit d'apprentissage sur l'adolescence, à une comédie sociale auscultant la vie d'un immeuble ou à un drame sur la pédophilie. Ce roman est bien plus que cela. La langue si belle et si pure de Joëlle Wintrebert toujours envoûte, enchante tout en poussant à la réflexion. Léger et pétillant de prime abord, c'est un concentré de vie qui se déguste comme un nectar.

Éditions Glyphe, 2008

Correspondance
de Gustave Flaubert, par Raymond Alcovère

La correspondance de Flaubert est un bijou. On entre dans l'atelier, les fondations du plus perfectionniste, du plus exigeant sans doute envers lui-même des écrivains. Il faut se figurer (et c'est déjà tout un voyage) un temps pas si lointain où les lettres étaient le seul lien à distance entre les personnes.

Quand Flaubert écrit à Louise Colet, son amoureuse, il commente, raconte l'œuvre en cours, ses hantises, ses joies, le combat titanesque qu'il mène. Le 23 décembre 1853 : « *J'ai un casque de fer sur le crâne. Depuis 2 heures de l'après-midi (sauf 25 minutes à peu près pour dîner), j'écris de la Bovary. Je suis à leur Baisade, en plein, au milieu. On sue et on a la gorge serrée. Voilà une des rares journées de ma vie que j'ai passée dans l'Illusion, complètement, et depuis un bout jusqu'à l'autre. Tantôt, à six heures, au moment où j'écrivais le mot attaque de nerfs, j'étais si emporté, je gueulais si fort, et sentais si profondément ce que ma petite femme éprouvait, que j'ai eu peur moi-même d'en avoir une. (…) N'importe, bien ou mal, c'est une délicieuse chose que d'écrire ! Que de ne plus être soi, mais de circuler dans toute la création dont on parle. Aujourd'hui, par exemple, homme et femme tout ensemble, amant et maîtresse à la fois, je me suis promené à cheval dans une forêt, par un après-midi d'automne, sous des feuilles jaunes, et j'étais les chevaux, les feuilles, le vent, les paroles qu'ils se disaient et le soleil rouge qui faisait s'entrefermer leurs paupières noyées d'amour.* »
À propos de « baisade » justement, il a parfois la dent dure. Il vient de lire *Graziella* de Lamartine, et il écrit à Louise, le 24 avril 1852 : « *Que c'est beau ces histoires d'amour, où la chose principale est tellement entourée de mystère que l'on ne sait à quoi s'en tenir ! L'union sexuelle étant reléguée systématiquement dans l'ombre, comme boire, manger, pisser, etc. ! Ce parti pris m'agace. Voilà un gaillard qui vit continuellement avec une femme qui l'aime, et qu'il aime, et jamais un désir ! Pas un nuage impur ne vient obscurcir ce lac bleuâtre ! Ô hypocrite ! S'il avait raconté l'histoire vraie, que c'eût été plus beau ! Mais la vérité demande des mâles plus velus que M. de Lamartine.* »

Ce livre est une véritable mine, accumuler les citations ne l'épuiserait pas. C'est là qu'on trouve bien sûr ces phrases qui ont eu tant d'influence sur des générations d'écrivains et peut-être sur toute notre culture : « *Ce qui me semble beau, ce que je voudrais faire, c'est un livre sur rien, un livre sans attache extérieure, qui se tiendrait lui-même par la force interne de son style, comme la terre sans être soutenue se tient en l'air, un livre qui n'aurait presque pas de sujet ou du moins le sujet serait presque invisible, si cela se peut. Les œuvres les plus belles sont celles où il y a le moins de matière ; plus l'expression se rapproche de la pensée, plus le mot colle dessus et disparaît, plus c'est beau. Je crois que l'avenir de l'Art est dans ces voies* » (16 janvier 1852).

Pour terminer, celle-ci, peut-être la plus belle, toujours à Louise Colet, le 26 août 1853 : « *Ce qui me semble à moi, le plus haut dans l'Art (et le plus difficile), ce n'est ni de faire rire, ni de faire pleurer, ni de vous mettre en rut ou en fureur, mais d'agir à la façon de la nature, c'est-à-dire de faire rêver. Aussi les très belles œuvres ont ce caractère. Elles sont sereines d'aspect et incompréhensibles. (…) Et cependant quelque chose de singulièrement doux plane sur l'ensemble ! C'est l'éclat de la lumière, le sourire du soleil, et c'est calme ! C'est calme !*

Folio, Choix et présentation de Bernard Masson, 1998

Chuck Berry en concert, Michèle Bayar
17 juillet 2008, au théâtre de la Mer à Sète

Puis-je prononcer le nom de Chuck Berry sans être renvoyée illico à la rubrique variétés seniors d'une revue populaire ? Bouderez-vous mes joies d'été ?

Ce soir-là, j'étais au Théâtre de la Mer à Sète. Un lieu magique, une citadelle perchée sur les rochers avec une scène balcon qui ouvre sur la mer jusqu'à l'horizon.

Mon premier ravissement fut le public. Plus mélangé que je ne l'aurais cru. Des sexagénaires, bien sûr, mais aussi des musiciens de tous âges dont un de vingt ans qui est venu avec ses parents. Le rock qui fut jadis le bastion de mon attitude rebelle est aujourd'hui un bonheur familial ! Chuck Berry lui-même, assumant avec une joie d'enfant ses quatre-vingt-un ans, s'est économisé tout en donnant le meilleur de lui-même : son jeu, son feu, sa voix, son fils à la guitare et sa fille, excellente harmoniciste, avec qui il a chanté en duo.

Pendant le concert, la lune est montée dans le ciel d'été, un ferry est parti pour Tanger, des bateaux de tourisme ont croisé sous nos yeux, au son inimitable de la guitare de Chuck qui rythmait, comme jamais, la vie qui passe.

Génie du proxénétisme
de Charles Robinson, par Antoine Barral

Aux premières pages, le lecteur — déjà conquis — se dit : « Il ne tiendra pas comme ça jusqu'au bout ! ». Et pourtant, il ne débande pas !

Détournant l'ouvrage « Génie du christianisme » de Chateaubriand vers une religion d'aujourd'hui, le capitalisme, avec un cynisme et un humour pince-sans-rire des plus réjouissants, Charles Robinson attaque férocement le prêchi-prêcha libéral.

Le livre est construit comme un plaidoyer objectif en faveur d'un commerce du sexe industriel, moderne, hygiénique, socialement avancé, qui se présenterait comme une rédemption pour une région industrielle sinistrée, quelque part dans l'est de la France.

Toutes les impostures du discours économique, « managérial », entrepreneurial, passent à la casserole, et subissent les derniers outrages : la création d'emplois qui justifie n'importe quoi, l'éthique, l'entreprise citoyenne, les services à la personne, l'épanouissement dans le salariat, le marketing, la culture d'entreprise, sans oublier la déloyale concurrence asiatique…

Un œuvre salutaire, à lire dès demain, et des deux mains !

Éditions du Seuil, 2008

Le Tout sur le Tout
d'Henri Calet, par Jean-Claude Fonteyreaud

Homme de lettres indépendant, un peu anar (comme son père) et farouche, Henri Calet est convié par Albert Camus à rejoindre le journal *Combat* en 1944. Ses deux premiers romans, *La Belle Lurette* et *Mérinos*, venaient de connaître un certain succès. C'est en 1948 que paraît *Le Tout sur le Tout*, un ouvrage entre roman et autobiographie, d'un genre hybride comme il le dira lui-même.

Un homme revisite sa ville et sa vie depuis ses quarante ans.

La ville c'est Paris, XIVe arrondissement, un Paris populaire de petits métiers et de rues sans grâce, un Paris courageux et flemmard à la fois. Cette ville est à sa taille, elle lui va comme un gant, il l'a connue d'ailleurs sous toutes les coutures. « Paris en chemise, Paris à poil. »

Le récit : un métissage de souvenirs d'enfance et d'impressions fugaces avec la « mélancolie en bandoulière ». L'écriture : pareille à un labyrinthe, sentiers qui bifurquent et se recoupent, jalonnés d'un humour teinté de dérision : « Il serait trop long de raconter comment j'ai gâché ma vie. Elle tombe déjà en ruine : c'est mon mortier qui ne vaut rien. » Bref, un rare bonheur littéraire à savourer à son pas, tranquillement.

Adepte du PMU (initié par son père), il affirme qu'il est de "ceux qui misent le tout sur le tout. [....] Flambeur en amour comme aux courses, j'ai joué à peu près tout ce que j'avais. J'ai perdu !" — on saura trouver là l'explication du titre. Puis, pour celui qui déclarait n'avoir « plus rien à dire ni à déclarer », une fois l'embellie passée, ce sera le purgatoire d'où il sortira revigoré pour une œuvre nouvelle : « Je n'ai pas peur des mots, ce sont les mots qui ont peur de moi. »

Quittant le monde à 52 ans le 14 juillet 1956, lui qui disait « j'aime ça la vie, j'en suis fou. Et d'autant plus que nous n'avons rien d'autre », il aura cette dernière doléance : « Ne me secouez pas, je suis plein de larmes. »

Éditions Gallimard, 1948

Des hommes
de Laurent Mauvignier, par Antoine Blanchemain

C'est un type cassé qu'on présente d'emblée. Qui, bien sûr, ne l'a pas toujours été, mais aujourd'hui, que voulez-vous, c'est un fait. Tout juste sait-on que jadis (c'était quand ?) il s'appelait Bernard.

Tout ça, c'est l'Après-midi, la première partie du roman qui en comporte quatre. Une après-midi qui n'en finit pas. À laquelle on ne comprend à peu près rien, on ne fait qu'assister aux gestes fous, incompréhensibles, de l'homme brisé.

Soir. Intervient le Témoin, pour nous éclairer. Éclairer un peu. Petit à petit. Soulever un voile et on sent que derrière ce voile, ça ne doit pas être beau. Aussi, retarde-t-on le moment de dire ce qu'il faudrait savoir, pour bien comprendre pourquoi-comment Feu-de-Bois (c'est ainsi que tout le monde, maintenant, appelle Bernard) est allé casser la gueule d'un Arabe qui ne lui avait rien fait. Un Arabe du bled — je veux dire, du village ici, quelque part en France. Cet homme cassé qui a eu une enfance, une sœur, et une mère, qui l'a un peu, et même beaucoup volé.

C'est alors qu'on plonge dans la Nuit. Celle de la guerre. Dans un autre pays, un autre monde, avec d'autres copains, mais avec le Témoin, de toujours son ami. La guerre, vraiment ? Mais non, tout le monde sait qu'en Algérie, il n'y a pas de guerre, il ne s'agit que de pacifier le pays, c'est-à-dire se mouvoir dans une foule d'où peut surgir à tout instant celui qui va assassiner, torturer, mutiler, dépecer. Celui qu'on a croisé ce matin, peut-être. Le Témoin a vu tout cela, mais il ne peut en parler à personne. Sauf à nous, que Mauvignier attrape par le cou, pour nous secouer jusqu'à ce que les larmes de l'effroi, parfois celles du remords, celles de l'oubli sûrement, sortent enfin de nous, sans, hélas, nous libérer de rien.

Il aurait pu s'en sortir, Feu-de-Bois. Comme tant d'autres s'en sont sortis, en faisant semblant, mais lui, la vie s'est acharnée. Il avait pourtant cru un moment s'en sortir, avec celle qu'il avait rencontrée là-bas, mais que la guerre a cassée elle aussi. Comme elle casse le Témoin, quarante ans plus tard, qui voudrait enfin «*ne plus entendre le bruit des canons ni les cris, ne plus savoir l'odeur d'un corps calciné ni celle de la mort*» et seulement «*savoir si l'on peut commencer à vivre quand on sait que c'est trop tard*».

Des hommes est un grand livre, la preuve que la fiction permet à quelqu'un qui n'a pas été témoin, mais qui SAIT, d'en dire plus que ceux qui ont VU mais sans rien SAVOIR.

Les Éditions de Minuit, 2009

Hypatie d'Alexandrie
de Maria Dzielska, par Anne-Marie Jeanjean

Maria Dzielska esquisse le portrait moral et intellectuel de la philosophe Hypatie, fille du célèbre savant Théon. Portrait d'autant plus intéressant qu'il s'appuie sur la correspondance de Synésios de Cyrène (l'un de ses disciples), les écrits de Socrate le Scolastique et autres passionnants documents qui restituent le climat intellectuel d'Alexandrie, la circulation des hommes et des idées dans le bassin méditerranéen aux IVe et Ve siècles, ainsi que différents courants sectaires agitant une église chrétienne occupée à accroître son pouvoir.

La philosophe dispensait ses cours sous forme de dialogue et donnait des conférences publiques auxquelles se pressaient les hommes chargés de pouvoir. Parmi eux, Oreste, préfet impérial. Selon le témoignage de Damascius, elle était l'une des plus éminentes personnalités d'Alexandrie. L'étendue de ses connaissances — éthique, mathématiques, astronomie —, sa force de caractère et son courage faisaient qu'elle jouissait de la haute estime des élites dirigeantes de la troisième ville de l'empire.

Le cercle de ses disciples aurait puisé sa force à la fois dans l'héritage intellectuel de la philosophie grecque et dans les expériences émotionnelles et mystiques vécues par le groupe, influencé par les traditions orphiques.

Son soutien à Oreste pour limiter le pouvoir de l'église attise l'ire du peu scrupuleux et ambitieux évêque Cyrille. Un attentat contre Oreste, puis une campagne de diffamation bien orchestrée contre Hypatie précèdent l'action des partisans de Cyrille qui vont programmer soigneusement l'assassinat de cette intellectuelle remarquable en mars 415. Bien plus tard viendra la version officielle de «victoire sur le paganisme», puis la chape de silence des historiens et de l'église pour masquer un assassinat purement politique. Reste ceci : "[…] *la question de l'héritage intellectuel d'Hypatie pour qu'elle soit désormais incontestablement reconnue dans l'histoire des mathématiques et de l'astronomie comme une spécialiste dont on connaît non seulement les titres d'ouvrages, mais aussi le contenu.*"Les scientifiques sauront-ils lui rendre justice? Un ouvrage passionnant, bienvenu par les temps qui courent.

Éditions des femmes/Antoinette Fouque, traduit par Marion Koeltz, 2010

Le Funambule
de Jean Genet, par Valéry Gabriel Meynadier

Pupille de l'assistance publique, Jean Genet ne saura rien sur ses origines sinon le nom de sa mère et sa date de naissance, le 19 décembre 1910. À dix ans il commet son premier vol, à treize connaît sa première fugue, à seize est envoyé au bagne pour enfants. Il en sort pour s'engager dans la Légion où il restera six ans. Il devient alors déserteur, voleur de livres, prostitué, taulard — quatorze années en tout.

La prison pour Jean Genet est un bureau d'écriture. Il écrit son premier texte à Fresnes en 1942 : *Le Condamné à mort*, un poème d'une grande rigueur métrique et d'une écriture placentaire jamais lue. Un auteur vient de naître. La même année, *Notre Dame des Fleurs*. En 43, *Le Miracle de la rose*. Il faut l'imaginer la nuit dans sa cellule, la nuit et son stylo sacrificateur opérant chaque mot dont il fait gicler le sperme, le sang, toutes les humeurs avant d'y déposer la sienne propre. Des mots « transsexuels », traîtres à leur naissance. Jean Genet est un traître, un délateur, un monstre.

En 1964, il rencontre Abdallah Bentaga, coup de foudre. Edmund White, écrivain et biographe de Genet, écrit : « *Il poussa son amant, funambule de profession, à tenter des numéros toujours plus périlleux, jusqu'à ce qu'il chute, non pas une, mais deux fois ; estropié il finit par se suicider, avec le Nembutal de Genet.* »

Genet a besoin de mort et de sexe pour renaître à chaque fois à travers l'écriture et c'est pour Abdallah qu'il écrit *Le Funambule*. La dernière phrase touche au soleil : « *Il s'agissait de t'enflammer, non de t'enseigner.* » Genet est un pyromane, il fait feu de tout bois et tout devient littérature. De ce suicide, il tirera un enseignement brûlant. En fait il s'adresse à l'artiste, écrivain, musicien ou fil-de-fériste : « *Tu ne saurais être malheureux par la maladie, par la faim, par la prison, rien ne t'y contraignant, sois-le par ton art.* » Il parle « *de la solitude mortelle, de cette région désespérée et éclatante où opère l'artiste* ». Il berce et console, il nous enfante.

En 1991, Nico Papatakis réalise *Les équilibristes* librement inspiré du livre (avec Michel Piccoli et Lilah Dadi) — un film magnifique.
Genet meurt seul le 15 avril 1986 dans une chambre d'hôtel. Il a choisi d'être enterré à Larache au Maroc dans un cimetière bordé d'une prison civile et d'un ancien bordel.

Éditions Gallimard, 1958

La double vie d'Anna Song
de Minh Tran Huy, par Dominique Gauthiez-Rieucau

Ombres portées...

Anna, pianiste précoce, se dévoile sur deux partitions aux mélodies distinctes. Nulle polyphonie à entendre, plutôt des morceaux dissonants issus du *Couchant* et du *Levant* que l'écrivaine orchestre en alternance. Du *Couchant*, elle donne à lire des articles fictifs signés par des musicologues d'une pseudo-presse spécialisée qui crient à l'imposture : les cent deux CD que les milieux éclairés s'arrachent sont le fruit « *de manipulations électroniques générées par le mari et manager d'Anna, Paul Desroches, à partir des œuvres de quatre-vingt-sept artistes* ».

Du *Levant*, s'élève la voix de Paul, ami d'enfance d'Anna capable d'*entendre* son toucher unique. Et c'est lui le narrateur qui grandit et vieillit au fil conté de leur histoire d'amour. C'est lui l'illusionniste qui réifie, grâce à un ingénieur du son, les morceaux qu'Anna aurait interprétés si elle n'avait pas été foudroyée par la dystonie du musicien.

En exergue au roman, Paul Éluard : « *Ton ombre qui s'étend sur moi, je voudrais en faire un jardin.* »

L'amour de Paul prête existence à l'onirique Anna, note après note, même si la musique surgit, oui, de l'autre pièce, de l'autre côté de la vie, usurpée, gammes d'après soupirs, alléluia... et sa voix enfle... son œuvre magistrale résonne au-delà de la maladie qui lui paralyse la main, de la mort qu'elle finit par se donner.

Minh Tran Huy nous invite à absoudre Joyce Hatto, musicienne plagiaire confondue en 2007.

L'enfant surdouée, Anna-Joyce cache un autre hétéronyme, celui de l'ingénue Minh Tran Huy, musicienne elle aussi, qui exulte à déjouer les mots caméléon dans le souffle des sons : l'auteure Minh crée son avatar, Anna. Car toutes deux sont petites filles de l'Indochine. Elles ont grandi à l'ombre du ginkgo planté devant *la demeure au piano*, celle du grand-père qu'elles célèbrent toujours lors du *cung*, cérémonie de communion avec les disparus.

Ombres sur portées, éditions Actes Sud, 2009

Hôtel Iris
de Yôko Ogawa, par Françoise Renaud

On est au Japon — même si l'intrigue pourrait se dérouler ailleurs —, dans une station balnéaire qui vit au rythme des saisons.

Mari est adolescente. Elle tient la réception d'un hôtel bas de gamme qui appartient à sa mère. Le grand-père, mort récemment de grave maladie, l'avait baptisé Hôtel Iris. Mais il n'y a ni roses ni iris dans la cour, rien qu'herbes folles et fontaine tarie. Et Mari vit dans cet univers clos, étouffant, surveillée de près par une mère qui ne pense qu'à l'argent et saisit le moindre prétexte pour soigner les cheveux de sa fille avec de l'huile de camélia. Une façon de s'occuper d'elle, en même temps de restreindre sa liberté.

Un soir, une dispute éclate sur le seuil de la chambre 202. Une femme échevelée — une prostituée — hurle sur un homme, le traitant de «*sale pervers*». La scène intervient comme un électrochoc. Ce qui trouble Mari, c'est la voix grave et le calme de l'homme qui s'empresse de payer les dégâts occasionnés par le scandale avec une poignée de billets «*tellement chiffonnés que ça faisait mal au cœur de les voir.*» Elle avait l'impression «*qu'ils gardaient une trace infime de la chaleur de son corps*».

Deux semaines après l'incident, elle le revoit dans un magasin et décide de le suivre. Il faisait très chaud, «*pourtant il portait un veston et une cravate, et marchait droit devant lui, la colonne vertébrale bien étirée.*» Entre eux s'amorce alors un jeu étrange, un jeu dérangeant, hors norme et sans limites. Entre mort et désir.

Les uns qualifieront ce jeu de relation sadomasochiste, les autres d'histoire d'amour fascinante entre une jeune ingénue et un vieil élégant solitaire. Une chose est sûre, comme à chaque roman Yôko Ogawa nous étonne, nous envoûte, développant un univers étrange aux marges du dérangeant et du sublime. Dans une écriture simple et toujours habitée, elle sait mettre en scène des corps torturés en quête d'expériences inédites.

Et toujours la mer qui «*semblait encore froide mais on savait que l'été approchait à l'intensité de la réverbération sur les remparts humides et l'écho des bruits de la ville.*»

Actes Sud, traduction de Rose-Marie Makino-Fayolle, 2000

Life
de Keith Richards, par Raymond Alcovère

Étonnante autobiographie du fameux guitariste des Rolling Stones. Livre foisonnant, plutôt maîtrisé, avec ce qu'il faut de distance, mais aussi de sincérité. Cet homme a tout traversé, le vertige du succès, la folie qui a entouré le groupe, cette époque de bouleversements et la drogue, très présente. Son vrai moteur a toujours été la musique, son arme un solide bon sens et son garde-fou un système immunitaire très développé. La musique, donc ; en ce début des années 60, une ambition : devenir le meilleur groupe anglais de *rhythm n' blues* américain, oui mais voilà, en 1963, un vent de folie se lève, la « beatlemania » crée un appel d'air considérable. Les Stones, eux, avec leur approche plus rugueuse et qui veut rester proche de ses racines, seront un groupe de rock and roll et bientôt le plus grand. Les idées sont fulgurantes. Keith décrit avec gourmandise la naissance des riffs immortels de *Satisfaction, Jumpin' Jack Flash* et autres *Honky Tonk Women*. Il en est le créateur, avec les mots qui les accompagnent, Mick Jagger composant le reste des paroles, celles des couplets en général. Le travail en studio est souvent laborieux, avec les apports des autres musiciens et les innombrables prises nécessaires pour certains morceaux alors que pour d'autres la première est déjà la bonne.

Puis Keith Richards raconte son addiction à la drogue, dix ans de galère. Dont il reconnaît néanmoins (en ne conseillant à personne d'en passer par là), qu'en l'extrayant du cirque infernal dans lequel la célébrité a propulsé le groupe pour se consacrer uniquement à la musique, elle l'en a préservé. Il y a bien sûr sa relation avec Mick Jagger, complicité totale sur le plan créatif, qui s'est dégradée quand Mick (comme Brian Jones d'ailleurs à la fin de sa vie) s'est laissé aspirer par le vedettariat et les paillettes.

Ce qui a sauvé Keith Richards c'est sa simplicité, sa fidélité en amour et en amitié, une forme de détachement par rapport aux événements, son ouverture aux autres et la priorité absolue donnée à la musique au milieu du maelstrom qui aurait pu mille fois le noyer. Cet homme est un roc. Belle leçon de *life*.

Éditions Robert Laffont, 2010

Journal
de Jules Renard, par Francis Zamponi

Jules Renard n'a vécu que quarante-six ans. De 1859 à 1910. Auteur de nombreuses nouvelles, de quelques romans et de pièces de théâtre, il n'est guère aujourd'hui connu que comme l'auteur de *Poil de carotte*. Mais, plus que par ce roman inspiré de sa triste enfance, Jules Renard reste actuel grâce à son journal. Parues quinze ans après sa mort et censurées par sa veuve, ses notes prises au jour le jour sont aussi cruelles et ironiques pour lui que pour son entourage. Petitesses, désirs inavouables, angoisses d'écriture, tout y sobrement relevé. Il brosse de courts portraits, tant à Paris où il fréquente le monde littéraire de la «belle époque» que dans son village de la Nièvre où il côtoie la misère paysanne. À lire certaines pages, on ne peut rêver que soit un jour retrouvée la copie de celles qui ont été brûlées. Ami de personnages illustres comme Edmond Rostand, Georges Courteline, Tristan Bernard ou Lucien Guitry, Jules Renard a été un auteur estimé mais n'est jamais devenu un auteur à succès. Et il l'a bien cherché. Son journal le montre en lutte permanente contre la tentation de se comporter et surtout de penser en homme de lettres professionnel. Sans illusions sur sa postérité, il écrit, trois ans avant sa mort : «Je vois très bien mon buste sur la place de l'ancien cimetière avec cette inscription : À Jules Renard, ses compatriotes indifférents» et ajoute deux ans plus tard, malade et désabusé : «Il y a, à Nevers, une rue qui s'appelle rue du Renard. C'est un commencement. Après ma mort, on s'y trompera peut-être. »

Le «Journal» de Jules Renard est accessible aussi bien en édition de poche qu'en Pléiade.

Avant
de Jean-Bertrand Pontalis, par Andrée Lafon

À époques régulières, Jean-Bertrand Pontalis publie chez Gallimard ses réflexions d'écrivain et de psychanalyste sur le monde tel qu'il le vit. *Avant*, son dernier livre, interroge le temps et la mémoire, le déjà vu, le hors temps, l'enfance disparue, le progrès d'aujourd'hui, l'après renouvelé. Sans nostalgie, avec quelques regrets, il cite des exemples du «c'était mieux avant» : «*Quand, à Venise, nous ne croisions guère que des Vénitiens… quand je pouvais fumer partout si l'envie m'en prenait… quand on ne goûtait que des fruits de saison… quand le mot "Révolution" était porteur d'espoir*».

La mémoire est trouée, discontinue, sélective. «*Je me souviens…*» écrit Georges Pérec, et il note l'insignifiant pour pouvoir oublier l'essentiel. Quelle chance de ne pas ressembler à ces hypermnésiques qui amassent tout, «*comme un tas d'ordure*»!

Freud, dans le travail psychanalytique, remet en mouvement la mémoire qui dort; l'analyste-enquêteur-détective, en sollicitant la libre association des idées, permet la résurgence de souvenirs enfouis, la réapparition de traces infimes, inscrites dans un lieu inaccessible à la conscience. Le retour du refoulé crée un état d'inquiétante étrangeté, où «*le temps sort de ses gonds comme des morts de leur tombeau*».

Les peintres nous parlent du temps. Dans les tableaux de Friedrich, les personnages nous tournent le dos en regardant un paysage vide : est-ce le monde d'avant ou celui d'après? Sans doute un arrière-pays intérieur, hors du temps.

Il nous faut remonter plus loin. Le présent nous déçoit, l'avenir nous inquiète, deux raisons de sauver le passé, d'essayer de nous approprier le temps où nous n'étions pas nés. D'être en quête incessante des origines, de ce qu'il y avait avant l'avant, jusqu'au vertige.

Si nous ne nous obstinons pas à vouloir découper le Temps, nous ne deviendrons pas immortels mais nous aurons la capacité d'être atemporels, pour que demeurent présents en nous tous les âges de la vie.

Éditions Gallimard, 2012

Alexis ou le Traité du vain combat
de Marguerite Yourcenar, par Valéry Gabriel Meynadier

Le 8 juin 1903, dans la province de Namur naît Marguerite de Crayencour, future première femme élue à l'Académie française.

En 1929, paraît *Alexis ou le Traité du vain combat*. Son premier texte, récit à la première personne. On y rencontre Alexis âgé de 24 ans qui écrit à Monique, sa femme, une longue lettre de rupture. Il traduit les silences entre sa femme et lui : « *... et tout ce silence n'est fait que de paroles qu'on n'a pas dites. C'est peut-être pour cela que je devins un musicien.* »

Alexis piste les pauses, les soupirs en cœur de partition, les met en mots. Des mots tremblants, à l'écoute, apeurés de blesser mais intransigeants car la liberté l'attend au point final. Libre d'être soi, c'est ce qu'il veut. Il s'adresse à l'ouïe, à l'Oui de sa femme infiniment respectée, aimée à sa manière à lui.

Déjà Marguerite Yourcenar, de main de maître, tient tour à tour stylo et archet. Le lecteur à sa guise ne peut qu'entendre une musique qu'il connaît. Pour ma part, j'y ai entendu la suite pour violoncelle seul n° 5 de Bach jouée par l'écrivain où Joie et Tristesse se confondent dans une profondeur digne *« de la vie, qui seule nous apprend de la vie »*.

Ce livre est un hymne à soi. D'ailleurs, il est dédié : « *à lui-même* ».

Ne nous y trompons pas, Alexis n'a pas le culte du nombril. À soi, au sens nietzschéen : deviens toi-même. L'acoustique de cette histoire nous enjoint à nous rapprocher de nous, fait de nous un espace où les mots résonnent. Car Alexis ne parle pas que de sa « maladie » jamais nommée. Il est question aussi du couple et de « l'épaisseur des couches de mensonge ». Texte sans âge, ce roman nous rappelle oh combien *« tous nous serions transformés si nous avions le courage d'être ce que nous sommes. »*

Éditions Gallimard, 1929 - Folio, 1978

Le petit dico du Pays d'Oc
de Joanda, par Joan-Pau Creissac

Le petit dico du Pays d'Oc de Joanda est une clé originale pour ouvrir une des portes de la langue et de la culture d'Oc. D'une façon plaisante mais qui ne dédaigne pas la précision des définitions et de la phonétique (pour chaque mot donné dans sa graphie française, on a la graphie classique de la langue, dite occitane, ainsi que la phonétique suivant les conventions internationales), il permet une promenade imagée à la découverte de ce qui est à la fois proche et caché. Il nous dévoile un autre monde dans l'ombre du français officiel. Comme cette eau souterraine que l'on ne voit pas mais qui jaillit parfois dans toute sa vigueur et son impétuosité.

C'est le mérite de Joanda, chroniqueur sur Radio France Bleu et à la Gazette de Montpellier, de nous faire découvrir ou redécouvrir toute la richesse de notre langue et de ses expressions populaires, mais aussi les faux amis comme dire *adieu* pour dire bonjour ou *dîner* pour déjeuner et *souper* pour dîner…
Pour les nouveaux montpelliérains ils apprendront pourquoi on appelle Montpellier le « *Clapas* » mais aussi les termes de la bouvine, *l'abrivada* ou la *ferrada*, ou encore ce qu'est vraiment un *pastis* ou une *chichoumée*. Ce livre est publié aux éditions « El Trabucaire » de Perpignan qui fait un travail remarquable en publiant dans les trois langues de la région.

Éditions Trabucaire, 2012

Un an
de René Pons, par Jeanne Bastide

Ce livre me plaît. L'écriture y est une respiration. Quelque chose d'ample
— de tranquille. Quelquefois me vient l'impression que l'écriture ne va
pas dans le sens du propos. Aucune importance. Elle est.

Il s'agit d'une sorte de journal, tenu pendant un an — mise en scène par
René Pons — d'une écriture en train de se tarir, et un regard acéré sur
le monde. « Sentir que je suis encore capable d'écrire en échappant à la
banquise d'impuissance qui enserrait jusque-là mon esprit. »

Un livre de sagesse. De morale aussi. Peut-être faut-il dire d'éthique ?
Des sentences — plutôt des aphorismes. « Laissons aux philosophes
le soin de bâtir des théories, et nous, écrivains, contentons-nous de
louvoyer entre nos contradictions. »

Dans une solitude retrouvée — bien que le doute imprègne tout le texte —,
cette lecture apaise. Comme lénifie la beauté du ciel ou de l'herbe qui
pousse — malgré tout. Bien sûr, il force quelquefois le propos et on
entend une forme de plainte, et on peut regretter son autodénigrement
récurrent. Oui, il entretient son noir. Et alors ? Je reste enthousiaste sur
ce livre de Pons. « Il faut admettre en nous des zones noires. La tension
entre des extrêmes. L'art, sans doute, naît-il en ce point où la rupture est
à tout instant possible, mais que l'œuvre, imparfaite, suture. »

Quelquefois je souris en lisant. Ce n'est pas moquerie mais plutôt
tendresse ou complicité. Certains livres bien écrits ne me touchent pas.
Celui-là me rejoint au plus près de mon humanité.

Journal, Éditions L'Amourier, 2012

Amis pour la vie,
autour du roman *Lionel Asbo, l'état de l'Angleterre*
de Martin Amis, par Pascale Ferroul

Qui ne s'est jamais imaginé rendre visite à Céline dans son repaire de Meudon, qui n'a jamais rêvé de sortir de leur tombe John Fante, Richard Brautigan ou David Foster Wallace, pour les convaincre de les assister pendant qu'ils vivent et écrivent (on ne parlera pas, on ne fera pas de bruit), peut sans doute comprendre ce que j'ai éprouvé face à un Martin Amis bien vivant, invité des Assises internationales du roman à Lyon, en juin 2013.

Première déconvenue : fan absolue, auto-instituée lectrice idéale, je n'étais pas seule. L'écrivain britannique, interviewé par Josyane Savigneau, s'exprimait en plein air devant un amphi bondé. «*Au Royaume Uni, si un écrivain organisait chez lui une conférence publique, ses propres voisins ne se déplaceraient pas…*» Les déboires et les humiliations d'un écrivain qui vit dans l'ombre d'un auteur de best-sellers attirent les foules et il les a racontées dans *L'Information*. Cette fois, il est venu présenter *Lionel Asbo, l'état de l'Angleterre* : l'histoire d'un voyou devenu richissime en gagnant à la loterie.

Asbo habite une banlieue londonienne qui, «*sur une courbe planétaire des espérances de vie*», se situerait «*entre le Bénin et Djibouti*». Le personnage ressemble au Keith Talent de *London Fields*, joueur de fléchettes à la morale approximative, et son nom est inspiré d'un décret de Tony Blair destiné aux délinquants : ASBO comme *Anti Social Behaviour Order*. Il a «*fait son Cédéjidé*» (Centre de détention pour jeunes délinquants) comme on passe son brevet.

Comme toujours chez Amis, le récit compte moins que le ton et la puissance de chaque remarque, même innocemment formulée. C'est le style qui dit tout. Une trouvaille par phrase, l'art de démonter la réalité — jamais poussé aussi loin que dans *La Flèche du temps*, roman virtuose qui raconte une histoire à l'envers (le héros mange avant d'avoir faim, fait l'amour avant d'en avoir envie, etc.).

Naturellement, la somme hallucinante de 140 millions de livres sterling gagnées par l'oncle ne changera rien à la désocialisation de Lionel Asbo et révélera même de nouveaux gouffres intimes.
Amis est un pessimiste jubilatoire. Au mieux, il vous fait passer un délicieux moment. Au pire, il vous donne envie d'écrire. Quand je le retrouve à la fin du débat à Lyon, je me contente de tendre mon exemplaire dédicacé et de lui offrir un de mes romans (dont un personnage est fou de lui). Il m'a simplement remerciée. Son attachée de presse semblait plus emballée que lui. Deuxième déception ? Pas vraiment. Je le sais et Amis le répète : c'est l'œuvre qui compte. Or tous ses romans, essais et mémoires sont chez moi. Gravés en moi.

Éditions Gallimard, 2013

Jean-Marie Gustave Le Clézio
Quatre livres, quatre voix pour les honorer…

> «[…] dans les années qui ont suivi la guerre, je me souviens d'avoir manqué de tout, et particulièrement de quoi écrire et de quoi lire. Faute de papier et de plume à encre, j'ai dessiné et j'ai écrit mes premiers mots sur l'envers des carnets de rationnement, en me servant d'un crayon de charpentier bleu et rouge. Il m'en est resté un certain goût pour les supports rêches et pour les crayons ordinaires […]»

La profondeur du chant,
par Raymond Alcovère

Un des plus beaux textes que je connaisse est le début de *Désert* (1980). Un de ces textes qui transcendent toute littérature; quand, en l'espace de quelques phrases, on est immédiatement transporté, enlevé, envoûté; quand une réalité qu'on ne soupçonnait pas apparaît sous la première.

En photographie on appelle ça «la profondeur de champ». J.M.G. Le Clézio est un de ces rares écrivains qui nous emmènent ailleurs, mais cet ailleurs n'est ni lointain ni inaccessible; au contraire, il nous conduit plus profondément en nous-mêmes, vers des zones jusque-là inconnues qu'il nous permet d'explorer. Lire Le Clézio, c'est à travers son approche si originale et si *libre* de l'autre, mieux se connaître soi-même.

Le procès-verbal, prix Renaudot 1963,
par Françoise Renaud

L'exemplaire que je détiens est un livre de poche tout usé, racorni, pages de 10 à 49 détachées du corps du livre, certaines même déchirées. Il aurait pu faire partie des possessions de Adam Pollo, le héros.

Adam est un garçon qui erre entre plage et remblais, boit de la bière et poursuit des chiens ou des filles. Il squatte une villa dans ce pays où il fait chaud. *« C'est la chaleur qui s'étend en ramures, qui rampe très bas sur la terre. Un souffle minuscule... »* Il aime être nu sous le soleil. *« ... je voudrais bien vivre tout nu et tout noir, définitivement brûlant, définitivement créé. »* Il fume, observe les insectes, écoute le silence. Il ne sait pas comment faire avec Michèle, cette fille qu'il aurait *« forcée »*, en tout cas qu'il poursuit et à qui il écrit des mots sur des bouts de papier. Il écrit aussi des listes de courses à faire. Donc il traîne sans savoir quoi faire de sa peau et on traîne à sa suite. Pas de récit. Seulement une succession de scènes. D'ailleurs on voit très bien cette femme qui se fait bronzer sur les rochers, la panthère du zoo dans sa cage, le noyé de plusieurs jours qu'on sort de l'eau. Les mots finissent par créer un espace étrange, morne et sordide. Au fond il ne manque pas grand-chose pour tout soit *normal...* *« La vie n'est pas logique, c'est peut-être une sorte d'irrégularité de la conscience... une maladie de la cellule... »* Pas d'issue. Adam voudrait crier comme on le fait quand on est libre. Mais il ne peut pas. *« Le désespoir, au lieu de l'avilir, l'avait sculpté en effigie. »* Adam est un rebelle. Adam n'appartient à personne. Mais il ne faut pas trop en dire, on risquerait de déformer ce qui se dégage des lignes. Comme une odeur.

« La solitude est aimante aux écrivains, c'est dans sa compagnie qu'ils trouvent l'essence du bonheur. C'est un bonheur contradictoire, mélange de douleur et de délectation, un triomphe dérisoire, un mal sourd et omniprésent, à la manière d'une petite musique obsédante. »

Voyage à Rodrigues, 1986,
par Antoine Blanchemain

Sa haute stature, de froide apparence, sa façon disait-on d'être ailleurs, m'avaient tenu éloigné de lui. Jusqu'à ce que, prenant mon courage à deux mains, je me décide à acheter un livre de J.M.G. Le Clézio. Au hasard. Et je suis tombé sur *Voyage à Rodrigues*, dont il dit lui-même à la fin du livre : «C'est le seul récit autobiographique que j'aie jamais eu envie d'écrire».

Au début, ce fut un peu difficile et j'eus quelque peine à pousser tout à fait la porte laissée entrouverte quelques jours. Très vite, l'accumulation de détails géographiques comme autant d'émotions et leur précision extrême ont refermé sur moi un piège dans lequel je me suis laissé prendre sans baisser les yeux ni chercher à fuir.

Le fer aux pieds, je me suis laissé entraîner à mon tour dans la quête de ce grand-père, lui-même à la quête de ce qu'il croyait être un trésor dans cette île des Tropiques. Un trésor qui serait toujours au-delà. Au-delà de ce qui se laisse voir, au-delà de ce qu'il a pu imaginer, de ce qu'il n'a (pense-t-on) jamais trouvé, c'est du moins ce que finit par penser le petit-fils, un instant épuisé.

Trésor auquel devraient conduire et conduisent en effet toutes ces lignes entrecroisées, tous ces points, ces signes, ces symboles gravés dans la pierre de lave aperçus dans un lent, pénible et toujours renouvelé cheminement de l'écrivain lancé à son tour dans une recherche qui finira par le conduire vers lui-même, c'est-à-dire en aucun endroit précis, ou en tout cas accessible à quiconque d'autre. Une recherche qui porte un nom, le seul qui puisse être évoqué, et qu'on appelle Littérature.

> **«L'écrivain, le poète, le romancier sont des créateurs. Cela ne veut pas dire qu'ils inventent le langage, cela veut dire qu'ils l'utilisent pour créer de la beauté, de la pensée, de l'image. C'est pourquoi l'on ne saurait se passer d'eux.»**

Ritournelle de la faim, 2008, par Anne Bourrel

« Rien ne peut s'exprimer sans la puissance du sentiment, et (...) l'âme d'un chef-d'œuvre réside dans cette puissance de l'émotion ». Diego Rivera, *My art, my life*.

Ritournelle de la faim est paru chez Gallimard en octobre 2008, quelques jours avant que l'auteur obtienne le Prix Nobel de Littérature. Dans l'interview qu'il a accordée à France Inter lors de la parution du livre, J.M.G. en raconte la genèse : une possible rencontre entre deux jeunes filles, sa mère, grande figure de l'œuvre depuis longtemps, et Nathalie Sarraute, immigrée russe (cf. *Enfance*) résidant dans le même quartier parisien. Il imagine qu'elles se sont croisées à la boulangerie...

JMG est avant tout un auteur de romans, il aime imaginer, danser avec l'Histoire. Il n'écrit jamais de mémoires ni d'autobiographies (même lorsqu'il écrit *Diego et Frida* en 1993, il fait aussi œuvre romanesque).

De la rencontre imaginaire entre sa mère et Nathalie Sarraute est née une seconde histoire : celle d'Ethel Brun et de son amie Xenia Antonia Chavirov, deux jeunes filles vivant à Paris avant-guerre. Dès lors, le roman a lieu... D'autres vies se superposent, vies ordinaires, anonymes issues du réservoir imaginaire de l'écrivain. Des personnages s'imposent : Samuel Soliman le grand-oncle excentrique, le père Alexandre dilapidateur de fortune à l'accent mauricien, Justine la mère réunionnaise, Laurent jeune anglais aux boucles rousses. Longtemps ils hanteront le lecteur une fois le livre refermé.

Ritournelle de la Faim, c'est un éventail qui s'ouvre et se referme sur un « je » biographique. Dans les plis, tout un monde imaginaire est créé. Quant au titre, il fait d'abord référence à la faim que l'auteur, né en 1940, a connu pendant la guerre et d'une manière si intense qu'aujourd'hui encore, elle « *met une lumière aigüe qui [l'] empêche d'oublier [son] enfance* ». La faim, c'est ensuite celle qui est contenue dans la musique de Ravel, dans ce Boléro martelant, entêtant, prophétique « *qui raconte l'histoire d'une colère* »... « *Lorsqu'il s'achève dans la violence, le silence qui s'ensuit est terrible pour les survivants étourdis.* »

Ritournelle de la faim est un livre différent, beau, littéraire. Le Clézio continue à prendre des risques en même temps qu'il suit sa voie propre, écrivant dans la chair du terriblement humain, du humblement vivant. Son écriture, c'est la puissance de l'émotion.

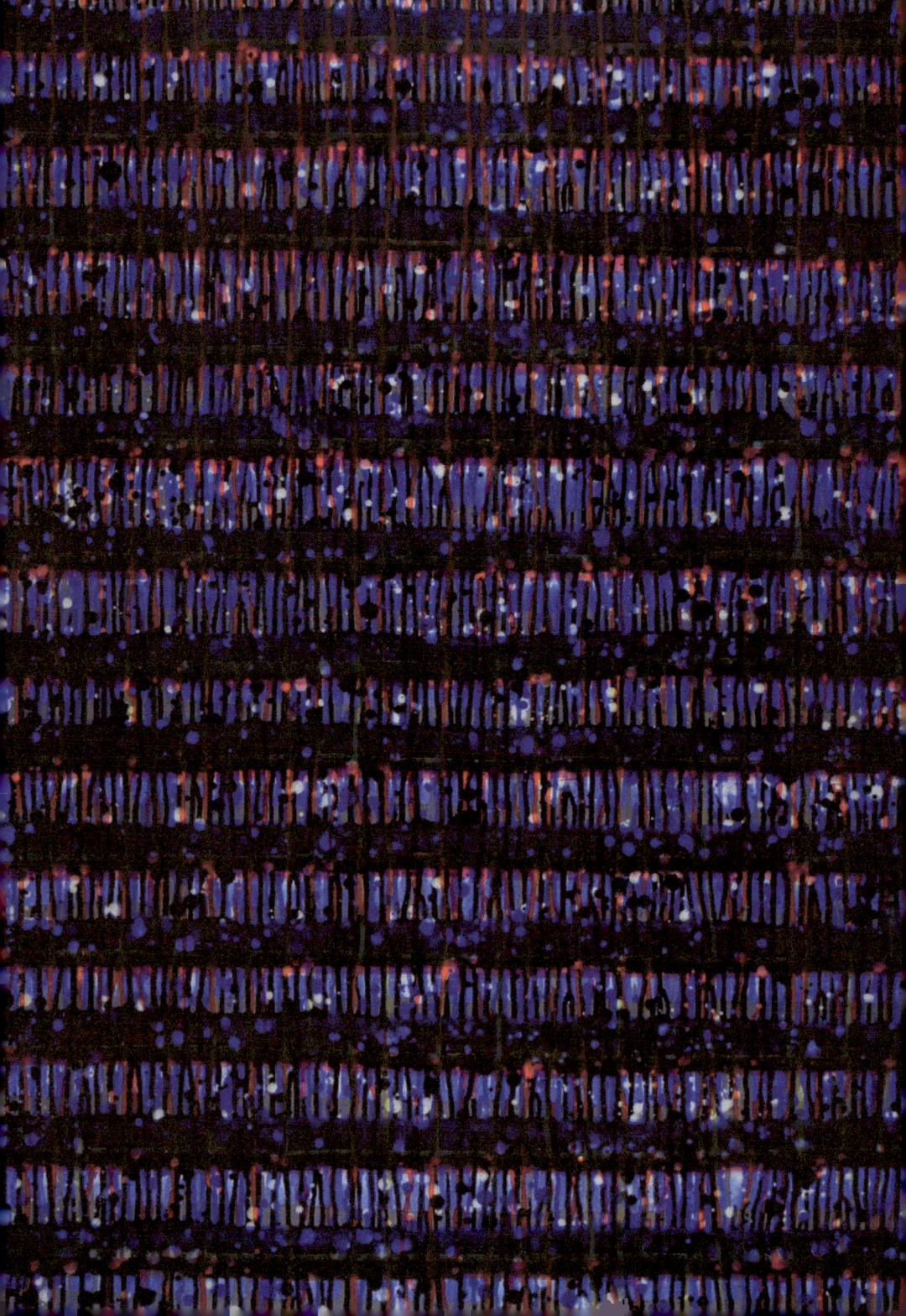

4

En tête à tête

Quelques-uns des multiples entretiens et interviews parus dans Funambule

Entretien avec Jean-Claude Carrière pour Les Fantômes de Goya *par Édith Noublanche (août 2007)*

Merci de nous ménager cette parenthèse au milieu de vos vacances...
Oh, vous savez, ce village est le seul endroit où l'on s'étonne de mon absence. J'y suis né et j'aime me fondre parmi les gens d'ici. Évoquer mon travail dans ce décor chargé de souvenirs est rare mais n'a rien de contraignant.

Votre dernier roman Les fantômes de Goya *est cosigné par votre complice et ami, Miloš Forman.*
J'ai écrit seul le roman avant de l'adapter pour le cinéma, toutefois ce travail résulte de réflexions communes. Tous deux en avons mûri l'idée et les recherches ont été conduites ensemble.

Pourquoi Goya ?
Avec Goethe et Chateaubriand, Goya est par sa longévité l'un des trois témoins majeurs d'une période qui a vu le monde se transformer radicalement. Mon amitié pour Buñuel et ma maîtrise de la langue espagnole m'ont porté instinctivement vers ce peintre.

Comme pour Valmont *en 1989, vous avez choisi de vous concentrer sur une figure qui illustre son temps.*
Ce roman n'est surtout pas une biographie de Goya. Miloš et moi sommes sensiblement du même âge et nous avons connu bien des « *ismes* » : communisme, nazisme... jusqu'à islamisme et terrorisme actuels. Au fil du temps les noms changent mais les méthodes se ressemblent. L'idée était de mettre en lumière la constante des extrémismes.

Qui l'incarne ?
Lorenzo est le protagoniste central. Inquisiteur au secours d'une foi chrétienne qu'il pense en péril, il découvre les idées propagées par la Révolution française. Il s'efforce alors de rendre le monde meilleur jusqu'à devenir extrémiste de la liberté. Son ami Goya est témoin des événements.

Et les fantômes ?

Goya rendait compte de son temps. Peintre de cour, il montrait ce qu'il voyait sans flagornerie. Vers la fin de sa vie, les fantômes ont envahi ses tableaux, sorte d'émanations de son passé.

Quelle est la part historique du roman ?

J'ai travaillé d'après documents et consulté des historiens de l'art. Ce qui dans le roman peut paraître exagéré est emprunté à l'Histoire : torture d'un inquisiteur, conseils pour repérer les hérétiques. De mon propre chef, je n'aurais osé aller aussi loin dans la fiction.

Certains passages résonnent comme des discours politiques contemporains…

Comment convaincre que l'autre incarne le mal ? Comment se donner bonne conscience alors qu'on recourt à des méthodes aussi extrêmes que la guerre et la torture ? N'avons-nous rien appris de l'Histoire ? La démonstration est probante : la terminologie, la bonne conscience et les méthodes ne varient pas.

Entretien réalisé en public le 14 août 2007
dans les gorges de Colombières-sur-Orb (Hérault)

Questions à Nicolas Bouvier
par Alain Bagnoud (septembre 1992)

Création...

Un mot que je ne m'attribuerai jamais, même avec une minuscule. La fonction d'artiste n'est pas du tout une fonction démiurgique. Elle est de rendre compte d'un monde et d'une réalité qui a déjà été formée, en partie par l'homme, en partie par le ciel. Le mot de créateur, je le réserve plutôt aux divinités créatrices. Pour le travail que je fais, que font les peintres, les photographes, je préfère le mot de *fabricateur*, ou d'*interprète*.

Luciole...

Ça me ramène... dans la Yougoslavie titiste, dure et étriquée, des années 48, 49, 50. On y utilisait des routes d'une solitude invraisemblable, en très mauvais état... Mais chaque fois qu'il y avait un point d'eau, une fontaine, il y avait un véritable nuage de lucioles comme un petit feu d'artifice tiré pour nous. Cela donnait à ces nuits une beauté exceptionnelle. Et puis la luciole, chez les Japonais, est l'emblème de l'assiduité. Les étudiants pauvres partaient aux lucioles, en remplissaient des paniers qui étaient comme des paniers à salade de lucioles, et ils étudiaient à la lumière des lucioles groupées, captives, sans brûler d'huile, de pétrole, ou une bougie qui leur aurait coûté un repas de riz.

Ulysse...

L'Odyssée est le premier récit de voyage dans notre tradition. Ulysse est un personnage formidable par ses voyages beaucoup plus que par ses exploits guerriers. C'est la préfiguration d'une curiosité planétaire qui a été assez particulière aux Grecs. Les Égyptiens l'avaient avant, en organisant ces grands voyages maritimes le long de la côte est de l'Afrique. C'était sous Hatchepsout, une pharaonne dont on a gardé de très belles fresques. Ils sont descendus assez bas, presque jusqu'aux confins de l'Afrique du Sud, et puis ils sont remontés. Rien ne prouve qu'ils ont fait le tour de l'Afrique, mais rien ne prouve le contraire non plus.

Vocation...

Vocation est un mot superbe. Au fond, c'est l'histoire d'un esprit qui ne sait pas encore quoi faire de lui-même, mais qui est appelé par une voix très forte dans une direction qui donnera un sens à son existence. C'est un mot magnifique, parce qu'il est directionnel sans être du tout tyrannique. Mais si vous êtes visité par une vocation pour quelque chose, il est hors de doute que c'est ça que vous devez faire.

Propos recueillis par Alain Bagnoud en septembre 1992

Entretien avec Michel Gueorguieff
par Lilian Bathelot (juin 2007)

Le Festival International du Roman Noir (FIRN) a fêté ses dix premières années ce mois de juin 2007, à Frontignan. Michel Gueorguieff, président de l'association Soleil Noir qui organise cet événement littéraire majeur, en est la cheville ouvrière.

Lilian Bathelot : Le roman noir, le polar, c'est une passion de toujours ?
Michel Gueorguieff : Une passion très ancienne, oui, mais au départ, lorsque j'étais étudiant, mes inclinations allaient volontiers vers les auteurs classiques qui ont fait le prestige de la littérature française, Balzac, Zola, Hugo et les autres. Mon premier travail de recherche universitaire portait sur Saint-John Perse...

On pourrait croire qu'il y a un monde entre ces auteurs et le roman noir...
Et on aurait tort. L'âme de la grande littérature est au cœur même du roman noir... Quand j'ai commencé à lire des *polars*, à l'âge d'or de la Série Noire, j'ai été tout de suite enthousiasmé. J'ai vite compris que ce qui me plaisait dans cette littérature méprisée, c'était de retrouver le souffle des grands auteurs classiques. Ce souffle, cette puissance, je ne les retrouvais pas souvent dans mes lectures de « blanche » *(littérature générale)*.

Le roman noir, lieu de prédilection de la littérature contemporaine ?
Pour moi, oui. C'est dans le roman noir que je retrouve le mieux toutes les dimensions humaines et sociales de la grande littérature. Il n'est jamais figé sur l'introspection, et si l'élan y est éminemment littéraire, les préoccupations humaines que l'on y retrouve ne font pas pour autant abstraction des réalités sociales, qui ont une influence déterminante sur l'humain, ses sentiments, ses actes.

Alors, la volonté, c'est donner au « noir » les lettres de noblesse qu'il mérite ?

La volonté, c'est d'abord le partage. Partager la richesse que l'on trouve dans le roman noir. Le plaisir qu'il procure, la réflexion qu'il propose. Il ne s'agit pas de mettre le « noir » sur un piédestal, mais de contribuer à lui offrir un espace où mieux le connaître, un espace où il peut vivre, trouver la place qui lui revient dans le paysage littéraire en France, en Europe et aux États-Unis. Une place importante.

Entretien avec Anne Bragance
par Antoine Blanchemain (mai 2008)

Anne Bragance, votre dernier roman, Passe un ange noir, vient de sortir au Mercure de France. C'est votre trentième roman en à peine plus de trente ans. Seriez-vous un forçat de l'écriture ?
En aucune façon. Sachez qu'il m'arrive de rester des semaines et des mois sans écrire une ligne et même sans projet. Et s'il est vrai que je suis assez fière de pouvoir dire que je vis de ma plume, l'essentiel est ailleurs.

C'est-à-dire ?
Je suis romancière.

Sans doute, mais encore ?
Cela signifie qu'il suffit que je ressente une émotion forte — là où d'autres, peut-être, n'auraient rien vu ou rien ressenti — pour qu'aussitôt j'aie envie, à partir de là, de construire tout un monde.

Ce qui frappe en effet dans votre œuvre, c'est l'incroyable diversité des sujets que vous traitez. Cela va de l'histoire de ce type qui écrit régulièrement à la Reine d'Angleterre, sans que jamais cela ne paraisse saugrenu ou invraisemblable, à la construction d'un portrait inédit de Mata Hari en passant par Anibal, l'histoire d'un enfant adopté qui finit par conquérir l'affection du fils biologique de ses parents.
Je peux dire que mon dernier livre est né lui aussi d'une rencontre à la fois brève et totalement inattendue, tout comme *D'un pas tranquille*, le précédent.

Puisque vous m'avez dit être capable de rester sans écrire, cela signifie sans doute que vous écrivez vite ?
Oui. Premier jet, pas de réécriture.

J'allais dire que cela se sent, non que ne vous cédiez jamais à la facilité, mais en ceci que d'un livre à l'autre, c'est toujours une écriture

élégante qui attire et retient le lecteur. Vous savez, Anne Bragance, qu'on dit couramment de votre écriture qu'elle est fluide. Si vous le permettez, je la gratifierais quant à moi du qualificatif de soyeuse tant elle est douce au toucher, riche à l'œil et gaiement colorée. Un dernier mot : lorsque vous n'écrivez pas, comment utilisez-vous votre temps ?
Je lis. Je lis énormément, un livre par jour, souvent. Je ne peux pas vivre sans lire.

Altière et solitaire, Anne Bragance habite le monde des livres.

Entretien avec Caya Makhélé
par Anne Bourrel (juillet 2008)

Caya Makhélé est un auteur prolifique de romans, de pièces de théâtre et d'œuvres pour la jeunesse. Traduit en tchèque, en allemand et en anglais, son théâtre voyage sur tous les continents.

Pendant de nombreuses années, il a été correspondant pour *Libération* à Brazzaville. Dans les années 80, il quitte le Congo après ce qu'il appelle pudiquement «un interrogatoire poussé» et s'installe en France. Il travaille au *Matin de Paris* puis aux éditions Autrement. Il fonde la revue *Équateur* et, sous l'impulsion d'amis écrivains, il monte sa maison d'édition en 1997 : les éditions Acoria.

Caya Makhélé, quelle est votre langue maternelle ?
J'en ai quatre ! Le bembé, celle de ma mère, le lingala et kikongo (appelée aussi le kituba), toutes trois des langues de culture kongo, sous-groupe du bantou. Je pratique le français depuis l'école primaire. Aujourd'hui il prend le pas sur les autres.

Dans quelle langue écrivez-vous ?
En français mais, lorsque j'écris, j'entends mes trois langues «maternelles». J'ai besoin aussi d'écouter de la musique, d'être interpellé par d'autres voix, d'autres sonorités, par d'autres mots pour fixer ma propre voix, mon propre rythme. Au fil du temps, je peux dire que mon écriture est devenue multiculturelle.

Quels auteurs ont le plus marqué votre parcours intellectuel ?
Je suis venu à l'écriture par la poésie. Paul Éluard, que j'ai découvert en sixième, a été pour moi un véritable déclic. Ensuite j'ai lu les poètes africains et antillais, Senghor, Césaire, grâce à mon professeur de mathématiques. Aussi des poètes congolais.
Le plus important pour moi est sans nul doute Tchicaya U Tam'si, auteur de *Ces fruits si doux de l'arbre à pain*, (Seghers, 1987). Je peux citer aussi Maxime N'Debeka, Jean-Baptiste Tati-Loutard et Henri Lopes.

Soni Labou Tansi a été un ami d'une très grande importance pour moi sur tous les plans.

...et le théâtre ?

Pour gagner ma vie et en tant que porteur d'idées révolutionnaires, je me suis engagé comme enseignant volontaire. On m'imposait d'enseigner l'histoire du colonialisme. J'ai mis en scène des personnages comme Lénine, Marx et les autres. Les gamins s'intéressaient enfin à l'Histoire. Bien évidemment, je n'ai pas plu à tout le monde et je me suis fait virer ! Je venais de goûter au plaisir de l'écriture théâtrale et je n'ai jamais cessé d'en écrire depuis. La poésie et le théâtre m'ont dirigé vers l'écriture. Maintenant je passe d'un genre à un autre, du théâtre à la poésie, de la poésie au roman.

Qu'est-ce qui vous motive profondément dans le fait de publier de la littérature ?

La rencontre avec les auteurs, le partage... Je m'entoure de jeunes universitaires, d'amis écrivains en qui j'ai totale confiance, l'ambiance est conviviale. L'auteur et moi, on fait le livre ensemble. On discute, on revoit les titres, on parle de l'illustration et de la quatrième de couverture. Cette approche nous permet de faire en sorte que chaque livre devienne un événement.

Publiez-vous seulement des auteurs africains ?

Non, pas seulement. Je publie des auteurs qui écrivent en français mais qui ont des origines diverses et variées, beaucoup d'Africains mais aussi des Européens, des Antillais. La devise de la maison est celle d'un taoïste chinois : « Les mots ne valent que par des idées » (Tchouang-Tseu).

Ces jours qui dansent avec la nuit, roman, 2008, éditions Acoria.

Avec Behja Traversac,
entretien avec les éditions Chèvre feuille étoilée,
par Valéry Gabriel Meynadier (février 2009)

Une maison d'édition née le 18 janvier 2000 à Montpellier tout comme la revue Étoiles d'encre. L'aventure se poursuit grâce aux liens de cœur qui unissent Maïssa Bey, Marie-Noël Arras, Édith Hadri et Behja Traversac.

Pourquoi ce projet ? Une volonté de rendre le monde au monde ?
Notre pouvoir est bien mince pour une pareille entreprise. Notre but : proposer nos couleurs en partage, celles des femmes en particulier.

Une maison engagée ?
Nous essayons d'être vigilantes et cohérentes, pas seulement face aux événements, aussi face à ce qui entache trop souvent les attitudes et les actes humains.

Par exemple vous luttez contre l'excision, les mariages forcés ?
Bien sûr. Aussi contre l'interdiction faite aux femmes d'origine musulmane d'épouser un non-musulman. La liste n'est pas exhaustive, loin s'en faut. Nous traitons des questions liées au corps et à son emprisonnement, aux mots et à leur violence, à l'exil...

Vos critères de sélections en tant qu'éditrices ? Le thème, la matière de l'écriture, la sincérité ?
En premier, la sincérité, sans hésiter ! Les livres que j'ai le plus aimés sont ceux où j'ai senti à chaque ligne une volonté d'authenticité dans les événements rapportés et les sentiments décrits. Bien sûr, la qualité m'importe infiniment. L'écriture est une porte battante qui laisse entrer l'histoire et l'Histoire. Finalement, peu m'importe le thème.

Des nouvelles de la littérature en Algérie ?
Peu de demande en littérature française à cause d'un lectorat restreint. Pourtant éditeurs et libraires se multiplient — peut-être un nouveau souffle ?

Malgré tout, un auteur algérien francophone a plus de chance de se faire connaître (y compris en Algérie) s'il est publié ici plutôt que là-bas. D'une façon générale, la politique culturelle algérienne souffre d'une « maltraitance » inouïe, situation qui confère à la télévision une place de choix avec ses aspects positifs et ses dommages collatéraux.

Et vous, Behja Traversac, comment vous définiriez-vous ?
Difficile de porter un regard objectif sur soi-même. On m'a souvent dit que j'étais une contestataire incorrigible. Je me méfie des consensus, ils peuvent cacher les choses les moins dignes. J'ai toujours revendiqué une position de pionnière dans ma société d'origine. Un désir profond m'habite : m'approcher de la vérité, ne pas épouser l'hypocrisie qui pollue les relations humaines.

Seriez-vous un pont entre deux rives ?
Plutôt un « passeur » (je n'aime pas le féminin dans ce contexte). Un passeur qui poserait un regard déshabitué sur le monde. Un passeur... un simple passant... qui essaie juste d'y voir clair, d'avoir une attitude juste.

Pourquoi ce nom : Chèvre feuille étoilée ?
À cause d'un chèvrefeuille planté par Marie-Noël chez elle, à Sidi Bel Abbes, lorsqu'elle a quitté l'Algérie au moment des grandes violences. Quelques années plus tard, le chèvrefeuille avait proliféré : une grande émotion qu'elle a racontée dans un texte. Nous avons choisi ce nom et avec lui, toutes les étoiles du ciel méditerranéen.

Je suis né dedans, entretien avec Jean-Claude Bernard, éditions Encre et Lumière par Françoise Renaud (juillet 2009)

Impressionnante, la halle où est installé l'atelier du maître-typographe, ancienne cave vinicole dans le Gard cévenol. On imagine la carrure nécessaire pour l'habiter.

Pourquoi la typographie ?
Je suis né dedans, mon père était ouvrier typographe. L'opportunité s'était présentée pour lui de tenir l'imprimerie du Parti socialiste et la nuit, il tirait de drôles de bouquins : témoignages d'étudiants d'origine arabe torturés par la police française. Un jour le quartier a été bouclé et ils l'ont emmené, j'avais 7 ans. Une sorte de transmission inconsciente entre mon père et moi.

Dites-nous un peu votre parcours entre l'apprentissage et l'exercice de l'art ?
J'ai suivi l'école Estienne à Paris durant quatre années. Un peu avant 68, j'ai monté une imprimerie avec des copains, on travaillait pour les organisations politiques. Après 68 j'ai bûcheronné, élevé des chèvres, et quand j'ai souhaité reprendre le fil des choses, je me suis demandé comment utiliser mon savoir — la typo avait disparu en tant qu'industrie. C'est là que j'ai découvert le champ de l'édition. J'ai fondé Encre et Lumière en 1996. Faire un livre, c'est une belle et longue histoire, l'aboutissement d'une rencontre. Travailler avec des artistes m'a toujours nourri — qu'ils soient connus ou non.

Quelle est votre ligne de conduite ?
Il faut se libérer de la technique avant de créer. La rigueur est indispensable. Je rentre dans la réalisation sans idées préconçues. La conception, voilà ce qui m'intéresse : résonance entre texte et œuvres plastiques, papiers improbables, impressions sur végétaux, aluminium ou autre. Certains grands éditeurs m'ont inspiré comme Guy-Levis Mano et Robert Morel.

Vous êtes plutôt identifié comme éditeur de poésie, en tout cas de textes sensibles — plus d'une soixantaine de livres à votre catalogue.

Depuis 1992, j'ai pris mesure du grand nombre de créateurs (écrivains, plasticiens…) vivant en Languedoc-Roussillon, plus ou moins reconnus. Spontanément, j'ai eu le désir d'offrir une plage à leurs «écritures» à travers mon travail. Ainsi s'est constituée une partie de mes éditions. Étant autodidacte, ma curiosité est toujours en éveil. Et puis rien ni personne ne m'y oblige à faire un livre, il faut que ça me plaise. Quand j'en prends la décision, je m'y engage à fond.

Des désirs, des espoirs?

Continuer du mieux possible et le plus longtemps possible. Tenir bon ! C'est tellement important vis-à-vis de moi-même et du monde. En arrière-plan, le désir de me retirer en Cévennes pour renouer avec la rudesse d'un pays plus sauvage.

Passion Libraires,
entretien avec Éric Mercy et Claire Neirac-Debebelque, librairie *Un point un trait* à Lodève par Marie Bronsard (novembre 2009)

Éric Mercy : vétérinaire pendant vingt ans, dont quinze en Afrique dans des programmes de développement, rêvant de devenir libraire. Claire Neirac-Debebelque : juriste et amoureuse de la chose écrite — a fait sa thèse sur le droit d'auteur. Au tournant du siècle, Éric la charge de lui dégoter un lieu où accomplir sa reconversion. Elle trouve une mercerie en vente aux ravissants et désuets volets de bois, pas loin du musée.

Pourquoi la librairie, au terme d'un parcours si mouvementé ?
Éric : J'ai toujours beaucoup lu. Mon père, qui s'adonnait à la reliure, a façonné l'intérêt que je portais au livre (contenu et objet). Pour moi le libraire était un être libre et « libertaire », sans doute pour en avoir connu un à Marseille qui peignait au fond de sa vieille librairie !
Claire : Tu es devenu libraire pour peindre ? (*rires*)
Éric : Et je ne suis pas déçu en dehors du fait que nous travaillons trop pour gagner trop peu. Mais pour rien au monde je ne changerai. J'y ai gagné en liberté d'esprit et en qualité de travail. Je suis maître chez moi.

Le rapport lecteur/acheteur ?
Éric : Les clients discutent, commentent, se passionnent, nous font part de leurs goûts, rejets et enthousiasmes. J'en ai appris plus sur la littérature ces dernières années qu'en quarante ans et j'ai vérifié ce dont je me doutais : dans les livres, on découvre le monde.

Comment avez-vous constitué votre fonds ?
Éric : D'abord au hasard, puis grâce aux conversations avec les lecteurs.
Claire : Pour le polar, nous avons demandé à des amis connaisseurs d'établir des listes. Pas sûrs de tenir le coup, nous avons décidé de nous entourer d'ouvrages que nous aimerions nous partager en cas de faillite ! Pas d'*offices* — hormis quelques exceptions —, donc pas de gestion des retours. Et puis avec le temps, on a découvert des auteurs qui sont venir nourrir le fonds.

La librairie est petite. Il faut passer commande.
Claire : Avec Internet — notre pire ennemi —, les gens se sont habitués à le faire, à ne pas obtenir tout de suite ce qu'ils désirent.

Moi qui croyais plus néfaste la concurrence des librairies de la capitale régionale, décidément je date !
Claire : Nous avons beaucoup appris en adhérant à l'association de libraires LIBERL. Au cours des réunions, nous échangions idées et informations. Nous pensions en termes de réseaux et non de concurrence. Les liens tissés perdurent en dépit de la dissolution au profit de LR2L, mais la dynamique a changé.

L'avenir ?
Nos salaires augmentent dans des proportions modestes. La librairie est petite mais jouit d'un public fidèle. Beaucoup de nos clients sont devenus des amis et les visiteurs du Musée ont pris l'habitude de faire un tour chez nous en sortant. Chaque année ils reviennent : une grande satisfaction…

J'ai ce ridicule, j'aime les histoires, entretien avec Lydie Salvayre par Françoise Renaud (avril 2010)

Comment définir votre langue à qui ne vous a jamais lue ?
Jusqu'à *BW*, j'avais à cœur d'écrire dans une langue qui embrasserait à la fois le populaire et le précieux, le grossier et le sublime, le comique et le tragique (c'est je crois ce qu'on appelle le baroque). J'avais à cœur de faire que se rencontrent, se cognent, s'agglutinent ou interfèrent plusieurs registres de discours, façon pour moi de faire un sort aux hiérarchies langagières qui mettent au sommet la langue des lettrés et en bas la langue populaire. Avec *BW* — mon dernier livre —, pour des raisons qui seraient longues à expliquer ici, j'ai renoncé à ce baroque, qui m'était, qui m'est toujours si cher, pour une langue plus classique.

Comment s'annonce chaque livre ? Comme un frémissement à la surface d'une eau calme ou comme un torrent de lave ?
Chaque livre a une histoire singulière, naît d'une urgence différente. Chacun entretient des liens plus ou moins étroits avec les événements de ma vie. Mais ce que je peux dire aujourd'hui, c'est que, de tous les livres que j'ai écrits, celui qui s'est imposé à moi avec le plus de force, celui auquel j'ai été en quelque sorte contrainte, celui qui m'a littéralement envahie sans que je ne puisse ni ne veuille lui résister, c'est *BW*.

BW, votre dernier livre. Ficelé à votre vie personnelle ?
J'ai longtemps cru que prendre mes distances avec l'intime était pourvoyeur de fictions, accélérateur d'imaginaire, générateur d'histoires. Car j'ai ce ridicule : j'aime les histoires. Or avec *BW* je me suis approchée au plus près de l'intime. J'en ai fait ma matière. Et j'en ai conçu un extrême plaisir d'écrire. Si bien qu'aujourd'hui, je ne sais plus quoi penser.

Votre approche sur le terrain de l'âme humaine influence vos sujets. Est-ce à cause du besoin de dire, de la violence de la souffrance, de l'importance de l'histoire familiale ?

L'histoire de ma famille est violente (mes deux parents ont abandonné leur pays, leur langue, leurs biens en quittant l'Espagne franquiste en 1939 pour vivre en France dans un grand dénuement). Les histoires familiales que j'entends dans le Centre où je travaille comme psychiatre sont violentes, parfois même très violentes. La banlieue où se trouve ce centre est violente. Écrire pour moi est violent. J'ai relevé pour vous quelques citations qui toutes viennent dire ce lien de la littérature à la violence.

Mallarmé : Il n'est d'autre bombe qu'un livre.

Debord : L'art d'écrire est un art de la guerre.

Nietzsche : Écris avec du sang et tu apprendras que le sang est esprit.

Dostoïevski : Il faut écrire le fouet à la main.

Michaux : Écrire : tuer, quoi.

Enfin, Kafka : La littérature est une hache qui brise en nous la mer gelée.

L'écriture, lieu de liberté, de résistance ?

L'écriture : pour briser en moi, en nous, la mer gelée. Si elle n'est pas ça, pour moi, elle n'est rien.

Est-ce que laisser trace vous occupe en tant que femme écrivant ?

Je n'y pense jamais. Sans doute parce qu'y penser c'est penser à ma mort. Et pour l'instant, je n'en veux rien savoir. À tort, sans doute.

Du texte à la scène,
entretien avec Astrid Cathala par Jean Reinert
(juillet 2010)

Astrid Cathala est comédienne et metteur en scène. Ses derniers rôles : dans *Bagdad mon amour* (mise en scène : Flavio Polizzy, 2008) et *Kyoto forever* (mise en scène : Frédéric Ferrer, 2009/2010). Elle a monté *Le sas* de Michel Azama, *Novecento : pianiste* d'Alessandro Baricco et trois textes courts de Jean Reinert dans la cadre de *Quatre costumes en quête d'auteurs* (Théâtre du Hangar, 2010). Elle est aussi directrice littéraire des éditions L'Œil du Souffleur.

Astrid, tu as au départ une formation de comédienne. J'ai eu plusieurs fois l'occasion de te voir sur scène et je sais que tu es une actrice accomplie. Qu'est-ce qui t'a amenée à la mise en scène ?
Les comédiens. Plus précisément, des femmes. Je n'ai jamais consciemment désiré faire de la mise en scène. J'ai été demandée ! J'ai de la chance ! Micha Cathala pour jouer *Le Sas*, puis Fabienne Augié pour *Novecento*. Ces deux mises en scène ont été soutenues par Jacques Bioulès. Par la suite, il m'a demandé si je voulais participer au grand défi de *Quatre costumes en quête d'auteurs* au Théâtre du Hangar… C'est le désir des acteurs qui enclenche mon désir de metteur en scène. Je n'ai jamais choisi les textes, ce sont eux qui se sont imposés à moi. Et ça continue ainsi pour l'instant : ma prochaine mise en scène, c'est encore l'acteur qui la génère.

Pourrais-tu dire comment ton expérience de comédienne contribue à ton élaboration d'une mise en scène ?
Je n'en sais rien. Je ne sais pas si cela sert ou non. Je crois que non. Il y a des metteurs en scène qui ne jouent pas, des acteurs qui ne mettent pas en scène, bref, ça n'est pas si lié que cela. Ce que je sais, c'est que je ne suis pas au même endroit du tout. Ce sont deux actions distinctes. Deux postures, deux statuts différents. Lorsque je mets en scène, je ne joue plus.

Lorsque je joue, je ne mets pas en scène. Et je n'ai pas envie de jouer si je mets en scène, pas envie de mettre en scène si je joue. Je ne suis pas la même personne. Ça ne touche pas les mêmes endroits du corps ni de l'esprit.

À quel moment, ou peut-être à quels moments ou à quels niveaux, intervient le texte dans le travail de la mise en scène ?
Il n'intervient pas, c'est la base ! C'est de lui que tout démarre, c'est la clé. Ce que le texte raconte, « entre ses lignes », ce qui n'est pas écrit mais qui est dit. Ensuite il y a l'interprétation que j'en fais. Sans parler de tout ce qui échappe, à l'auteur, aux acteurs, au metteur en scène. Le texte, s'il y a texte, n'est pas un intervenant, c'est la fondation. L'histoire écrite et racontée est la structure. C'est à partir de cet élément-ci que tout commence, qu'on le veuille ou non. Sinon, il faut écrire son propre texte, et non se servir de celui des autres. Le texte n'est pas un encombrant, sauf si on le traite ainsi.

Je dois dire qu'au vu de tes mises en scène, ce qui m'a frappé chaque fois, c'est ton intelligence du texte ; par là, je veux parler d'une proximité qui peut être complice ou critique, et qui n'exclut pas la sensation et le sentiment. Qu'est-ce qui pourrait te faire accepter ou refuser un texte ?
Si je devais choisir, je dirais que le texte idéal serait un texte qui permettrait le pont entre l'anecdote et l'universel. Je ne sais pas si je suis claire, je dois encore pratiquer pour être tout à fait en mesure de répondre à cette question. Bien sûr, le style, la situation, la construction, la langue, mais au-delà de tout cela, le plus nécessaire c'est ce qui le fonde. Son souffle, ses inspirations, ses origines, ses motivations. Il faudrait que je précise, je sais ! Pose-moi la question dans trois, quatre ans !

Un laboratoire d'écritures,
entretien avec Béla Czuppon, par Raymond Alcovère
(décembre 2011)

Comédien et metteur en scène, Béla Czuppon anime à Montpellier un lieu consacré aux écritures contemporaines, La Baignoire. Sa compagnie Les Perles de Verre a produit notamment Chant de la nuit de Jon Fosse, Pâques de August Strindberg, Bureau National des Allogènes de Stanislas Cotton ou encore Music-hall de Jean-Luc Lagarce. Le spectacle Toréadors de Jean-Marie Piemme est actuellement en tournée.

Quel est aujourd'hui le projet qui vous motive, vous tient le plus à cœur?
Incontestablement, c'est la Baignoire.

De quoi s'agit-il?
C'est un laboratoire, un lieu de travail et de répétition, ce n'est surtout pas le lieu des formes abouties. Ici les compagnies, dans leur acception la plus large d'ailleurs — nous accueillons des auteurs, des vidéastes ou des danseurs — sont libres de travailler, de retravailler et de présenter des formes en devenir. Une mise à l'abri en quelque sorte pour un temps donné.

L'écriture dans ce métissage de formes est-elle toujours présente?
Dans les choix que je fais, et surtout dans les chantiers que j'ouvre, l'écriture est motrice. La langue change, les écritures sont multiples et protéiformes. Notamment l'écriture théâtrale qui ne revêt plus, depuis longtemps, ses habits classiques d'échanges de répliques ou de problématiques réalistes. Nous sommes souvent entre la prose épique, la poésie, la poésie sonore, ou plus encore un support à des formes non répertoriées. C'est cette évolution des formes qu'il me plaît de suivre.

La Baignoire, c'est aussi un lieu de rencontre, d'échange?
Oui bien sûr, j'aime cette idée du café où l'on peut discuter, débattre, je crois qu'on en a besoin aujourd'hui.

Comment voyez-vous l'évolution de ce lieu ?

Actuellement il est trop petit ; on peut recevoir entre 20 et 30 personnes, une capacité entre 50 et 100 personnes serait idéale. Cela dit, ce lieu qui existe depuis 5 ans n'a trouvé que récemment son rythme de croisière. Le faire évoluer est aujourd'hui nécessaire, tout en gardant cet esprit d'expérimentation et d'ouverture.

Sur l'île déserte, quel(s) livre(s) emporteriez-vous ?

Cette question a quelque chose d'angoissant : qu'est-ce que j'irais faire sur une île déserte ? Pourquoi y serais-je relégué ou banni ? Cela suppose une catastrophe où les livres seraient perdus en totalité ou en grande partie. L'état de catastrophe n'est pas souhaitable même si elle nous pend au nez. Si la question est celle des livres qui me hantent pour le moment, avec lesquels je parle, je dirais : côté philosophie, ceux de Peter Sloterdijk — surtout sa trilogie Sphères ; côté théâtre, l'édition complète de Jean Racine dans la Pléiade et/ou Jean-Luc Lagarce ; côté poésie : Rilke et/ou Michaël Gluck (*Dans la suite des jours*) ; côté roman : Kundera et… *Le jeu des perles de verre* d'Hermann Hesse.

Éloge de la création,
entretien avec Cécile Jodlowski-Perra, directrice de Languedoc-Roussillon livre et lecture de 2010 à 2024 par Raymond Alcovère (décembre 2013)

Vous avez toujours travaillé dans l'accompagnement de la création, d'abord dans le cinéma, maintenant dans les métiers du livre : qu'est-ce que cette expérience vous a appris sur les créateurs ?

Dans la société d'hier et peut-être plus encore dans celle d'aujourd'hui, les artistes sont des veilleurs, des éclaireurs ; ils constituent des repères indispensables au fil de notre vie, de nos lectures d'enfance à notre premier film en salle, des morceaux de musique qui nous accompagnent aux œuvres plastiques, électroniques ou poétiques qui font naître des émotions sur nos visages. Je mesure tous les jours la chance d'avoir pu m'engager auprès de scénaristes et cinéastes au sortir de mes études à Sciences Po Paris et depuis trois ans, de travailler avec les auteurs et les autres acteurs du livre.

C'est vraiment ce rapport à l'œuvre qui nourrit ma motivation, qui au détour d'une page ou après un bon film, efface la fatigue, me fait oublier la technicité de quelques dossiers ou les difficultés à financer certains projets. J'aime les créateurs, leur fragilité, leurs doutes, leurs coups de gueule, leur courage. Cela m'aide à mieux faire mon métier.

Quels sont les ambitions et les projets de Languedoc-Roussillon livre et lecture pour 2014 ?

Notre association a défini deux grandes priorités : l'interprofession, l'une de nos missions de base, et la culture numérique. Marie-Christine Chaze, notre présidente, est très engagée dans la défense du livre et pense aux lecteurs de demain. Il s'agit pour nous de soutenir les éditeurs et leurs expérimentations en matière d'*ebooks*, les libraires pour la vente en ligne et leur présence active sur le web, les médiathèques au sujet de la médiation et des services multimédia, et bien sûr les auteurs qui s'engagent dans la création de la littérature numérique. Mais le livre papier, pour l'instant l'essentiel du marché, va être aussi l'objet de multiples actions :

ateliers d'écriture avec les jeunes et Prix Méditerranée des lycéens, ressources professionnelles (étude en cours sur les «solutions pour la diffusion/distribution des éditeurs en région»), une opération originale de *surdiffusion* en librairie conduite en *interrégion* avec l'agence du livre de PACA, des journées professionnelles — notamment une, en mai 2014, consacrée «au livre et au territoire» — avec les élus en Languedoc-Roussillon.

Compte tenu de la crise actuelle et de l'arrivée du numérique,
comment voyez-vous l'avenir du livre et de la lecture?
La crise existe et frappe de plein fouet les acteurs les plus fragiles. Mais les professionnels résistent, se regroupent, innovent. Le numérique au sens large permet de repenser le rapport au lecteur, d'expérimenter de nouveaux modèles économiques, de changer le geste d'écriture. C'est passionnant, parfois un peu déstabilisant aussi. En termes de médiation, le numérique offre des possibilités formidables : la Région va ainsi rendre accessibles sur son nouveau portail *La plateforme Patrimoine en ligne,* 600 000 pages numérisées par 17 fonds patrimoniaux, dans le cadre du Pôle associé avec la Bibliothèque nationale de France. LR livre et lecture coordonne en parallèle la réalisation d'une exposition virtuelle associée à ces ressources : vaste aventure collective, soutenue par la Drac LR, la Région LR, Montpellier Agglomération, la BNF et tous les fonds patrimoniaux du territoire, qui permettra de redécouvrir la presse ancienne, de retrouver les journaux des dates clés de sa famille, de suivre des feuilletons littéraires du XIXe siècle, de s'amuser à réécrire la fin de feuilletons contemporains — nous passons actuellement commande à une trentaine d'auteurs vivant en Languedoc-Roussillon.

Quelle lectrice êtes-vous, et sur l'île déserte, quel(s) livre(s)
emporteriez-vous?
Il y a deux lectrices en moi. L'une, assez curieuse et polyvalente, qui butine le soir premiers ou seconds romans ou diverses revues, l'actualité des auteurs et éditeurs en région. C'est un moment de détente et de plaisir, un sas avant la nuit. Et puis, une lectrice plus intime, celle des

week-ends et des vacances ; le matin pour un brunch au lit, l'après-midi à la campagne sous un arbre apaisant, ou avant l'apéro en attendant mon mari et mes filles ou des amis. J'aime me replonger dans le patrimoine (j'ai découvert en arrivant dans cette région Jean Carrière qui me bouleverse), aussi prendre le temps de rêver en lisant de la poésie ou réfléchir aux grandes tendances sociétales contemporaines à travers des essais de sciences humaines.

Sur l'île déserte, j'emmènerais — même si c'est terrible de devoir choisir ainsi ! — *Nos cheveux blanchiront avec nos yeux*, de Thomas Vinau (Alma éditeur), *Les Vagues* de Virginia Woolf et une liseuse avec un gros dictionnaire encyclopédique pour tromper l'ennui... en croisant les doigts pour qu'un navire pointe ses voiles à l'horizon avant l'extinction de la batterie !

5
Bouts de chemin

Hommages rendus à de *grands écrivains disparus.*

Michel Jeury, un monde à part,
entretien avec Michel Jeury par Hervé Pijac (avril 2013)

Discret à l'extrême malgré une reconnaissance et une fidélité incroyables de ses lecteurs, avec le regard aiguisé du veilleur sur notre monde, atypique et toujours là où on ne l'attend pas, esprit polymorphe d'une extraordinaire profondeur, Michel Jeury est l'un des écrivains majeurs de notre époque. Il va quitter les Cévennes où il habitait depuis le milieu des années 1980. Hervé Pijac l'a rencontré pour Funambule. En forme d'hommage.

En ce moment particulier, sauriez-vous dresser une sorte de bilan sur votre quart de siècle de création littéraire en Languedoc-Roussillon ?
Mon bilan, faut-il déjà le déposer ? Il serait peut-être temps, après tout. Ce quart de siècle est passé à la vitesse de la lumière, entre les Cévennes et Bételgeuse (mon étoile préférée). J'ai travaillé avec passion, sans m'ennuyer une seconde. Mais pas sans fatigue ni stress. Je gagne ma vie depuis quarante ans «avec ma plume» : pas facile, même si ledit *calame* est devenu, à mon arrivée en Languedoc, un Macintosh simple et jamais en panne.
Mon débarquement ici a coïncidé avec ma conversion — provisoire — à la littérature réaliste, paysanne, provinciale, historique, etc. Et pour moi, surtout, les «romans de l'école». Départ plutôt alerte, comme le précédent en science-fiction. Pas à me plaindre. Tout de suite, France-Loisirs, le Grand livre du mois et les collections de poche à la rescousse. Puis la télévision… Le bilan littéraire, ce n'est pas à moi de le dresser. Le bilan de vie est plutôt positif, surtout si l'on compte les nouveaux amis et les anciens retrouvés. Et tout un monde découvert et ajouté à ma panoplie d'auteur, aussi honnêtement que possible.

Et nous parler de vos projets d'écriture en soulignant quels sont les thèmes forts qui vous animent actuellement ?
Quelques thèmes me hantent. Mais ils ne m'animent guère, tout simplement parce que la maladie a brisé net mon élan, ou ce qu'il en restait. L'avenir ?

Mon accident cardiaque, en 2011, a bouché l'horizon comme un orage d'automne porteur d'un épisode cévenol. Sacré épisode ! Cette forme d'insuffisance, qu'on appelait autrefois « hypertrophie du cœur », ce qui était joliment imagé, a tué Balzac à cinquante et un ans. Mais quand on se penche un peu sur sa biblio, on croirait qu'il a vécu un siècle. Ça ne risque pas de m'arriver. Thèmes forts, thèmes faibles, ça n'a plus beaucoup de sens pour moi. Mon meilleur sujet serait cette « chronique d'une fin acceptée » qui m'a tellement touché dans les derniers écrits de Christiane Singer ou, un peu plus tôt, de Louis Calaferte. Un thème fort, certes : c'est moi qui n'ai plus la force. De temps en temps une douleur familière me lance. J'ai peine à reconnaître l'envie d'écrire qui persiste dans la débâcle. Je ne sais pas ce que j'en ferai. J'ai eu juste le temps d'amorcer un retour à la SF en 2010, j'y tenais. Plus ou moins réussi[1]. J'ai fait ce que j'ai pu. Depuis, j'ai réussi à retravailler un de mes Fleuve noir, en ajoutant une postface pour la réédition et à écrire une nouvelle qui doit paraître dans les prochaines semaines. J'avais deux projets dans ma veine « école d'autrefois ». J'ai eu l'idée de les fusionner en un seul. Tout ce que j'ai pu faire pour le moment. Il y a aussi un roman de SF en chantier : une espèce de friche industrielle qui a bien des chances de le rester !

Comment définiriez-vous d'une manière philosophique et/ou spirituelle l'œuvre abondante que vous avez construite ? Quelles en sont les « lignes de force » ?

Je ne suis pas sûr que mon « œuvre » ait des lignes de force. Ni même qu'elle soit abondante[2]. Ni davantage que j'aie réussi à construire quelque chose. Natacha Vas-Deyres, de l'université de Bordeaux, s'occupe courageusement d'éclaircir ce fatras. Elle répondra peut-être à votre question. En tout cas, si quelqu'un le peut, c'est bien elle, qui a le talent et la culture et, comme elle est jeune, le recul des années. Le schéma général est sans doute né au long de mon enfance paysanne et solitaire : les pieds dans la glaise du Périgord et la tête perdue au « plafond du ciel », ce plafond que j'aurais tant voulu percer. Mes tout premiers souvenirs sont des images de cauchemar : une espèce d'invasion céleste sur un horizon de tempête et de chaos. Des images que j'ai retrouvées bien plus tard, avec stupeur, dans le célèbre film *Rencontres du troisième type*.

Enfin, quel regard portez-vous, dans le contexte et les évolutions technologiques actuels, sur l'avenir des écrivains et du livre ?

Il me semble que la planète Terre est mal partie. Alors, ses habitants... Mais je fais comme tout le monde : semblant de croire à un avenir possible. J'ai trouvé un éditeur, Bragelonne, qui a bien voulu s'occuper de « mettre en ligne » mes romans et nouvelles de science-fiction disponibles. Un chantier en cours. Ils commencent par les romans repris dans *Escales en utopie* et par une nouvelle commandée par Laurent Genefort et à laquelle je tiens beaucoup : *Le cinquième horizon*. Puis-je terminer par une citation, tirée du Nouvel Observateur, 21 au 27 mars 2013, p.115, et signée David Caviglioli ? « *On tombe des nues à chaque page, dans ce précis de destruction mathématique du monde. On en sort avec une certitude : on ne déjouera pas l'intelligence de ce système réglé à la milliseconde près, pur jusqu'à l'absurde. L'humanité court à la catastrophe. Non sans un certain raffinement.* »

Une certitude, peut-être pas, mais une hypothèse. Dieu a décidé d'arrêter le Jeu (pour repartir à zéro ?). Il a choisi l'arme de l'apocalypse, la plus effroyable qu'on puisse imaginer, pire que toutes les pestes de l'univers : la finance.

P. S. : En corrigeant le relevé de cet entretien, une farce du logiciel, très symbolique de notre époque : le bouffon de service me note en rouge Bételgeuse. Étoile moi pas connaître. Il me propose à la place bégueulerie. Joli, non ?

---

[1] Avec *May le monde* : en réalité, les critiques unanimes s'accordent à considérer ce livre du « retour » à la SF comme une nouvelle révolution, aussi marquante que le fut *Le temps incertain* dans les années soixante-dix. (NDLR)
[2] Pas loin d'une centaine de titres de romans, sans compter les nouvelles ! (NDLR)

La discrétion de Pierre-Albert Clément
par Françoise Renaud (juin 2015)

Pierre-Albert Clément est décédé à Alès, le 26 novembre dernier. Je l'ai appris hier seulement par son fils à travers un courrier électronique.

Je l'avais rencontré il y une bonne quinzaine d'années. J'étais alors jeune écrivain et j'avais pu mesurer combien il lui plaisait d'accueillir celui qui débute et cherche ces marques dans ce monde particulier qu'est l'écriture. Un jour de dédicaces dans une librairie d'Alès, il m'avait invitée au restaurant et m'avait mise en contact avec une journaliste qui aimait les romans et leur consacrait des articles — elle aussi est partie il y a quelques années. Je n'oublierai jamais ce mouvement si amical de sa part, presque tendre, que je n'aurais sans doute pas obtenu de mon propre père, d'autant qu'il n'attendait rien en retour sinon un simple sourire. Pierre-Albert, je connaissais peu, enfin tout de même suffisamment pour l'embrasser quand nous nous rencontrions dans un salon du livre et échanger des idées à propos de l'évolution numérique, de la disparition de certaines maisons d'édition et de nos projets d'écriture. Je le savais grand historien et amoureux du vieux Montpellier, également des Cévennes, des passions dont il ne faisait pas étalage. Il ne parlait pas davantage de son passé engagé, de sa famille. Chez lui, discrétion et grande gentillesse.

Une chose me troublait, son handicap, quand bien même il n'en faisait pas état et ne réclamait jamais l'aide de personne. Était-ce sa main, son avant-bras, son bras qui avait été touché et amputé ? Je n'ai la réponse qu'aujourd'hui : c'est en 1944 qu'il l'avait perdu et tout entier. Il était âgé de 20 ans. Et c'est vers lui que vont aujourd'hui toutes mes pensées, convaincue qu'il serait heureux de savoir qu'à présent je demeure en Cévennes, son pays tant aimé.

Hommage souvenir à « FJT »
par Hervé Pijac (août 2020)

Frédéric-Jacques Temple vient de nous quitter à quelques jours de ses 99 ans.

Depuis son départ à Aujargues et en raison de son grand âge, je n'avais plus de contacts mais j'ai eu le plaisir d'échanger avec lui, de façon épistolaire ou lors de rencontres, pendant de nombreuses années où il vivait encore à Montpellier. Notre première entrevue date en fait de 1983, lorsque je l'ai sollicité — grâce à la sympathique intercession de M. et Mme Debernard, les célèbres libraires de la librairie Molière — pour présenter l'éditorial du 2e numéro de la revue que je venais de fonder, *La Voix Domitienne*. C'est avec émotion que je retrouve son visage de prophète sur la photo, remontant à près de quarante ans, qui accompagnait l'édito et que je relis ce qu'il écrivait alors sous le titre *Écrire au pays*. Non seulement ce sujet semblait l'incarnation même de la personnalité intime et attachante de son auteur mais en plus il visait particulièrement juste puisque cela constituait l'une des motivations premières qui m'avait poussé à créer *La Voix Domitienne*. Il l'avait bien compris et je pense que notre sympathie intellectuelle réciproque trouvait là sa source...

Frédéric-Jacques Temple, à cette époque, venait de publier son roman *Un cimetière indien* et il eut alors la gentille attention de m'en offrir un exemplaire dédicacé. Juste retour des choses, dans le même numéro 2 de la revue, je proposais une critique de ce livre. Voici quelques lignes de ce que j'écrivais : « Il paraît difficile de parler objectivement du roman de F.-J. Temple... C'est un livre indéfinissable, à cause de l'impression envoûtante qu'il laisse, de l'atmosphère onirique qu'il distille, de la quête intense et irraisonnée de l'enfance et de l'équilibre qu'il entreprend... de l'amour enraciné, quasi mystique, du pays — du "centre du monde" — qu'il clame... Si j'étais obligé de caractériser le roman par un qualificatif et un seul, je crois bien que j'userais de l'adjectif "tellurique" tant cette sensibilité s'exacerbe autour de la terre natale sans cesse recherchée, fût-ce au travers d'un "vieux rêve américain" et de contrées sauvages teintées de romantisme. (...) »

Dès que Frédéric-Jacques Temple eut reçu *La Voix Domitienne*, il m'appela et, avec une émotion perceptible dans la voix, me dit : « Vous êtes le premier à utiliser le qualificatif de "tellurique" pour parler d'*Un cimetière indien*. Je n'avais pas pensé à ce mot mais il est d'une profonde justesse. Je vois que vous m'avez bien lu et j'en suis touché… ».

À la suite d'autres rencontres, parfois assis proches l'un de l'autre lors de séances de dédicaces pendant la Comédie du Livre, nous avons souvent discuté, littérature évidemment, et c'était toujours un enchantement de l'écouter. De son côté, il suivait avec intérêt mon travail d'éditeur « au pays » et, en 2003, lorsque je l'ai sollicité pour écrire une préface au livre *Rue de la Méditerranée* d'André Bonafos que j'allais publier, il accepta sans hésitation. Voici un passage de ce qu'il a écrit dans cette préface :

« (…) Pour l'auteur de ces souvenirs, la rue de la Méditerranée, à Montpellier, en est le décor central, comme le mien fut cette place Édouard-Adam où trônait jadis la statue de cet illustre savant. Ce que ma génération a connu de son quartier, de sa rue, n'est en rien comparable à ce que décrit André Bonafos, pas plus que je ne connaissais le Clapas qu'évoquait Georges Katsimbalis, le héros du Colosse de Maroussi, d'Henry Miller, qui avait été étudiant dans notre ville au début du siècle et qui ne cessait, lors d'une promenade que nous fîmes ensemble à travers les rues, de citer ce qui avait disparu, les cafés, les bordels, les cinémas, les hôtels… »

Toujours cet amour, cette quête du pays de ses racines et le constat de la fuite irrémédiable du temps ! « Tu es de la terre qui t'a fait naître ; tes dieux sont là-bas, où le soleil se lève. Même si cette terre, défigurée, profanée, est devenue une "réserve", elle sera ton cimetière indien » écrivait-il encore dans *Un cimetière indien*…

J'ai lu (quasiment) tous ses romans — bien sûr dédicacés — avec un grand bonheur, pour cette écriture si personnelle et élégante, pour cet attachement charnel au pays d'où l'on vient, pour l'amour de sa culture.

J'avoue me sentir moins proche de son œuvre poétique alors qu'il est unanimement reconnu comme un de nos plus grands poètes mais je redoute de ne pas être un observateur très qualifié en la matière.

La disparition d'un homme d'une telle sensibilité, d'une envergure littéraire et humaine aussi évidente représente une grande perte, bien sûr, mais si le corps est mortel, l'œuvre, elle, reste immortelle…

Exegi monumentum aere perennius regalique situ pyramidum altius, quod non imber edax, non Aquilo impotens possit diruere aut innumerabilis annorum series et fuga temporum. Non omnis moriar multaque pars mei uitabit Libitinam écrivait Horace (Odes III, 30).
J'ai achevé un monument plus durable que l'airain, plus haut que les royales pyramides, que ni la pluie qui ronge, ni l'Aquilon ne pourront détruire, ni l'innombrable suite des années, ni la fuite du temps. Je ne mourrai pas tout entier et une grande part de moi-même évitera la Déesse funèbre. (traduction de Rouget de l'Isle)

Philippe Sollers (1936-2023)
par Raymond Alcovère (septembre 2023)

On s'en rendra compte probablement plus tard, il est l'écrivain français le plus important de la période. Il propose une vision du monde complète et homogène, sans rien laisser de côté, en rassemblant et harmonisant des univers aussi vastes et divers que la Chine, la Grèce, le 18 e, la peinture, la poésie, la musique, la religion catholique, la sexualité ou la politique. Toujours sous forme d'ouverture, il offre à lire ou regarder, notamment grâce à un sens consommé de la citation, nombre d'écrivains, penseurs et artistes : « Il n'y a qu'une seule expérience fondamentale à travers le Temps. Formes différentes, noms différents, mais une même chose. Et c'est là, précisément le roman. » Audace de pensée, originalité, esprit critique, sens de la formule, de l'esquive et de l'attaque. Avec lui, la poésie n'est pas séparée de la pensée ni de l'action. Il ajoute, provocant : « La poésie, c'est la guerre. » S'inspirant de Sun Tzu : « Si vous connaissez vos ennemis et que vous vous connaissez vous-même, mille batailles ne pourront venir à bout de vous. » Sa stratégie est clairement posée : « Ce que l'ennemi attaque, je le défends, ce qu'il défend je l'attaque. » Le difficile bien sûr est de connaître l'ennemi. Il le décrit dans Éloge de l'Infini : « Car l'Adversaire est inquiet. Ses réseaux de renseignement sont mauvais, sa police débordée, ses agents corrompus, ses amis peu sûrs, ses espions souvent retournés, ses femmes infidèles, sa toute-puissance ébranlée par la première guérilla venue. Il dépense des sommes considérables en contrôle, parle sans cesse en termes de calendrier ou d'images, achète tout, investit tout, vend tout, perd tout. Le temps lui file entre les doigts, l'espace est pour lui de moins en moins un refuge. Les mots "siècle" ou "millénaire" perdent leur sens dans sa propagande. Il voudrait bien avoir pour lui cinq ou dix ans, l'Adversaire, alors qu'il ne voit pas plus loin que le mois suivant. On pourrait dire ici, comme dans la Chine des Royaumes combattants, que "même les comédiens de Ts'in servent d'observateurs à Houei Ngan". Le Maître est énorme et nu, sa carapace est sensible au plus petit coup d'épingle, c'est un Goliath à la merci du moindre frondeur, un Cyclope qui ne sait toujours pas qui s'appelle Personne, un Big Brother dont les caméras n'enregistrent que ses propres fantasmes, un Pavlov dont le chien n'obéit qu'une fois sur deux. Il calcule et communique beaucoup pour ne rien dire, l'Adversaire, il tourne en rond, il s'énerve, il ne comprend pas comment le langage a pu le déserter à ce point, il multiplie les informations, oublie ses rêves, fabrique des films barbants à la chaîne, s'endort devant ses films, croit toujours dur comme fer que l'argent, le sexe et la drogue mènent le monde, sent pourtant le sol se dérober sous ses pieds, est pris de vertige, en vient secrètement à préférer mourir. » Son livre fondateur, outre Paradis, est Femmes, avec cette fameuse phrase : « Le monde appartient aux femmes. C'est-à-dire à la mort. Là-dessus, tout le monde ment. » Le Cœur absolu, Le Secret, Les Voyageurs du temps, l'Étoile des amants, Guerres secrètes sont les autres sommets de son œuvre. Ses recueils d'articles : La Guerre du goût, Éloge de l'infini, Discours parfait, Fugues, Complots, permettent d'explorer son univers et la diversité de ses sources d'inspiration. Son écriture déborde de légèreté et d'ironie quand il écrit pour la presse (textes regroupés pour certains dans Littérature et politique). Son but, toujours, inciter à lire : « Mauvais rapport avec le langage, mauvais rapport avec l'Être : c'est la même chose. » La question est centrale : « C'est dans les textes que s'opèrent les identifications décisives. » « Savoir lire, c'est aussi pouvoir tout lire sans rejets et sans préjugés : Claudel et Céline, Artaud et Proust, Sade et la Bible, Joyce et Mme de Sévigné. Prouvez-le, montrez que vous n'êtes pas un esprit religieux. Savoir lire, c'est vivre le monde l'histoire et sa propre existence comme un déchiffrement permanent. Savoir lire, c'est la liberté ». Il n'a de cesse de bousculer les idées reçues, ce qui lui vaut tant d'ennemis, notamment avec « le catholicisme comme négation de la religion » que Jean-Hugues Larché commente ainsi : « L'écrivain maintient que le catholicisme est un athéisme et que la religion catholique est celle qui contient le moins de religion. » Ces mots dans Le Secret le résument bien : « J'aime écrire, tracer les lettres et les mots, l'intervalle toujours changeant entre les lettres et les mots, seule façon de laisser filer, de devenir silencieusement et à chaque instant le secret du monde. N'oublie pas, se dit avec ironie ce fantôme penché, que tu dois rester réservé, calme, olympien, lisse, détaché ; tibétain en somme… Tu respires, tu fermes les yeux, tu planes, tu es en même temps ce petit garçon qui court avec son cerf-volant dans le jardin et le sage en méditation quelque part dans les montagnes vertes et brumeuses, en Grèce ou en Chine... Socrate debout toute la nuit contre son portique, ou plutôt Parménide sur sa terrasse, ou encore Lao-Tseu passant, à dos de mulet, au-delà de la grande muraille, un soir... Les minutes se tassent les unes sur les autres, la seule question devient la circulation du sang, rien de voilé qui ne sera dévoilé, rien de caché qui ne sera révélé, la lumière finira bien par se lever au cœur du noir labyrinthe. Le roman se fait tout seul, et ton roman est universel si tu veux, ta vie ne ressemble à aucune autre dans le sentiment d'être là, maintenant, à jamais, pour rien, en détail. Ils aimeraient tellement qu'on soit là pour. Qu'on existe et qu'on agisse pour. Qu'on pense en fonction d'eux et pour. Tu dois refuser, et refuser encore. Non, non et non. Ce que tu sais, tu es le seul à le savoir. » Il exalte la poésie, la gratuité, l'amour pour s'opposer à l'Adversaire : « La règle générale est de raconter des amours impossibles, des impasses, des drames, des récriminations, des échecs, et moi je fais le contraire. » Comme il l'a écrit lui-même dans *Passion fixe*, ses livres ressemblent à des tableaux cubistes, où la réalité est montrée sous des angles différents qui se multiplient avant de se rassembler de sorte que l'apparent désordre laisse peu à peu place à une savante construction. Selon une technique chinoise très ancienne : « Quand on le déroule, ce livre remplit l'univers dans toutes ses directions, et, quand on l'enroule, il se retire et s'enfouit dans son secret. Sa saveur est inépuisable, tout y est réelle étude. Le bon lecteur, en l'explorant pour son plaisir, y a accès ; dès lors, jusqu'à la fin de ses jours, il en fait usage, sans jamais pouvoir en venir à bout. » Dans un entretien avec Philippe Lejeune en 2009, il précise : « Il est fort possible — mais le temps seul le dira — qu'il s'agisse d'une entreprise métaphysique portant sur une expérience très singulière, dont les rapports avec la littérature seraient tangents, épisodiques, dépendant des situations historiques et en tout cas où l'essentiel ne serait pas là. Il ne s'agirait pas de littéraire à proprement parler et peut-être même pas de littérature. » Roland Barthes l'a noté dans *Sollers écrivain* : « celui-ci pratique, de toute évidence, une écriture de vie. »

Salut Captain Alan,
hommage à Alain Jégou par Jean Azarel (juin 2013)

Quelques goélands, installés confortablement sur l'enveloppe du Bombard ou agrippés à la rambarde du gaillard, tels des véliplanchistes à leur wishbone, houppette au vent et œil perforant la bulle d'horizon, se font véhiculer gratos. Pas de petites économies d'énergie pour ces feignasses notoires, même pas caps de plonger et de chasser euxmêmes pour se remplir la panse. Plus fastoche de cueillir les boyaux et les rejets de captures hors taille, les déchets d'après virage, étripage et triage, que de se mouiller le plumage pour courser les bancs de sprats, de sardines ou d'anchois, comme le font ces « abrutis » de fous de Bassan, de macareux, de guillemots ou de cormorans.

Alain Jégou, poète et romancier breton, marin pêcheur indépendant pendant vingt-sept ans, nous a quittés le 6 mai dernier, après un dur combat de deux ans contre la maladie.
Papy beat man, que blablater de plus sur ta mort ? Que je n'en ai pas fini avec toi, que je pense à ta compagne, que ça va chier dans les filets, que le congre de service dit toujours *ouigre*, que tu joues les poissonsvolants là-haut, aux côtés de Charlie l'Oiseau Parker, que t'étais mon grand frère d'armes, et que nos armes faisaient l'amour avec les mots et pas la guerre, même si ça fait rire au crépuscule des crétins, que t'avais le cœur en bouillabaisse d'espèces nobles et que le mien passe de médina en confettis… ?
Salut *Captain* Alan, t'en as bavé sur la fin, mais pendant longtemps, la pêche a été bonne.

La manne attend dans les fonds endormis. Dès les premières lueurs de l'aube, les premiers rayons suffisamment fringants pour pénétrer et perforer l'onde jusqu'au tréfonds, elle sortira de sa léthargie, s'extirpant de l'ombre rocheuse ou de la gangue de vase, pour se dégourdir les pinces, la carapace ou les écailles, aller goûter aux joies du jogging sous-marin et se payer ensuite une copieuse tranche de plancton en guise de petit-déj.

La plume de Frédérique,
hommage à Frédérique Hébrard par Hervé Pijac (sept. 2023)

Frédérique Hébrard vient de nous quitter, à peine quelques mois après son cher Louis[1], tous deux à l'âge de 96 ans et après 74 ans de mariage fusionnel. Un exceptionnel viatique !

C'était une grande dame de la littérature qui a réussi à construire une œuvre prolifique à la fois populaire, riche de culture et d'une véritable profondeur humaine.

J'ai eu le bonheur de bien la connaître et s'il est vrai qu'elle savait se montrer enjôleuse, elle faisait toujours preuve d'une extrême bienveillance et de fidélité en amitié. Ces qualités et son attachement sincère et intense à la Cévenne et à ses gens — tout comme André Chamson, son père — m'avaient incité à profiter de notre estime réciproque pour solliciter une interview qui m'avait été demandée pour le numéro spécial *Littératures* de la revue Causses et Cévennes[2].

En hommage à cette amie disparue, je voudrais proposer un extrait de l'article alors publié, titré *La Cévenne au cœur*, où est évoqué le fondement de tout écrivain : l'écriture.

Extrait

(…) Je souhaite maintenant aborder l'écriture : tout d'abord, écrivez-vous beaucoup (ou souvent) en Cévennes et cela est-il important pour vous ?

J'écris partout ! Et, paradoxalement, pas particulièrement en Cévennes car, lorsque je suis ici, je suis sollicitée par beaucoup de choses : les recherches que j'effectue pour mes prochains livres, les rencontres et… les obligations liées à la bonne marche d'une maison. Nous sommes une douzaine de personnes presque en permanence ici en été !

En quoi les Cévennes influencent-elles votre œuvre, qu'elle soit cévenole ou non ?

Pour répondre à votre question, je voudrais citer mon père : « *J'ai passionnément aimé la montagne. C'est elle, d'abord, qui m'a fait sentir les beautés de la nature. Elle a été la toile de fond de ma vie. Elle a même été pour moi comme le fondement naturel de toute une morale. J'ai vécu dans la mystique de ses mouvements ascendants qui convergent vers les sommets. Encore aujourd'hui, devenu plus sensible aux autres aspects de la terre, à la plaine, à la mer et aux cités, je vois en elle une zone privilégiée, un lieu sacré fait pour la sérénité et la plénitude. De tous les sentiments que je porte en moi, c'est sans doute le plus primitif et je baigne, par lui, dans un univers qui n'a pas encore d'Histoire.* »[3] Je ressens totalement ce qu'il écrivait alors.

Quels sont vos livres que vous qualifiez de « vraiment » Cévenols ?
Ceux à venir !
Comme je vous le disais, je me sens désormais la Mémoire, je dois transmettre. J'ai besoin de la vérité, de l'essentiel, des Cévennes !
Mon prochain livre (NDLR. *Les Châtaigniers du Désert*, parution avril 2005 chez Plon) sera très marqué par ma Cévenne, par la spiritualité. Par le protestantisme, bien sûr, dont je suis imprégnée mais aussi l'œcuménisme qui semble se développer ici et se manifeste de nombreuses façons...
Pour répondre complètement à votre question, je vois, dans mon œuvre, trois livres qui sont incontestablement Cévenols : *Félix, fils de Pauline* qui est la rencontre, dans la déchirure du temps, avec mon grand-père Félix Mazauric, de Valleraugue, que je n'ai hélas pas connu ; *La Protestante et le Catholique*, écrit avec mon mari, qui trempe forcément ses racines dans la Cévenne protestante, et *Esther Mazel,* parce qu'elle est la fille de la Cévenne des Justes...

Parlant de l'écriture d'André Chamson, Roger Martin du Gard écrivait :
« Que j'aime ce langage dru, sonore, comme un chant épique, d'une seule et belle coulée, fait pour être lu à haute voix ! ». Cette belle définition s'applique parfaitement à votre style qui « coule » avec bonheur et aisance, qui porte beaucoup d'émotion... Écrivez-vous avec facilité ou cette beauté d'écriture est-elle le fruit d'un énorme travail ?

Souvent des lecteurs m'ont dit : « On ne peut pas vous lire dans le train car, ou bien on pleure sans retenue, ou bien on rit aux éclats ! ». Ça me touche évidemment profondément...

J'écris à la main, pour le plaisir de l'écriture, la sensualité du stylo s'enfonçant dans un lit de pages blanches. Cela vient après beaucoup de réflexion, assez facilement, sans trop de ratures. Puis je faxe les pages manuscrites à ma secrétaire et c'est sur les pages dactylographiées que je vois et que je fais mes corrections. Il y en a beaucoup ! Il y a, bien sûr, du travail derrière chaque texte. Mais il ne faut pas que le lecteur sente l'effort ! J'ai été comédienne, j'ai été danseuse, je sais donc que tout doit paraître facile, naturel, évident. C'est le fruit d'un travail invisible... (elle rit et précise) : la fleur d'un travail invisible !

L'écriture est-elle un atavisme ou bien votre père a-t-il eu une influence sur votre vocation d'écrivain ?

Je ne sais s'il existe un atavisme mais c'est une affaire de famille, sûrement !...

Pourtant je n'ai pas été préparée par mon père à être écrivain. Ou, plus exactement, j'ai été préparée à notre insu à tous les deux ! En fait, mon père m'a donné deux grandes leçons. La première, j'avais treize ans. Il m'a emmenée dans un parc où les musées nationaux s'étaient réfugiés pendant la guerre, à côté de Villefranche-de-Rouergue. Là, assis sur un banc, sous un cèdre, il a sorti de sa poche un « petit classique » qui ne l'avait pas quitté de toute la « drôle de guerre ». C'était Chateaubriand entendant le canon de Waterloo et se disant avec douleur, bien qu'il soit contre l'empereur : « Était-ce un nouveau Crécy, un nouveau Poitiers, un nouvel Azincourt dont allaient jouir les plus implacables ennemis de la France ? ». Ce fut la seule leçon de littérature qu'il me donna. L'autre leçon, peut-être la plus importante, survint quelques mois plus tard, lorsque nous sommes arrivés à Montauban.

Nous sommes entrés dans cette pièce qu'il avait baptisée « la chambre de Goethe ».

J'avais été choquée que l'on puisse s'émerveiller — si près de notre débâcle — d'arriver chez Goethe. Un Allemand! On était toujours en guerre avec Hitler!

« — *Mais pas avec Goethe! cria papa.*

Je crois bien que c'est la dernière fois qu'il me prit sur ses genoux.

— Goethe, tu comprends, il n'appartient pas à Hitler. Ce serait la fin du monde. Il est à nous tous, comme les tableaux du Louvre, comme l'Aigoual, comme Molière…, comme le soleil! C'est pour tout ça qu'on se bat. Goethe…, il est à toi!

À moi? Je devinais l'existence de quelque chose de vague et de formidable, quelque chose pour quoi on pouvait mourir et qui traversait majestueusement les peuples et les siècles comme un grand fleuve sans que rien ni personne ne puisse l'arrêter. »[4]

Quel cadeau!

Au fond, sans le dire, ce que mon père m'a appris, c'est le prix et le sens du mot liberté.

Accepteriez-vous de proposer trois mots qui pourraient vous caractériser?

Ce que vous me demandez est difficile! (*Soudain, je sens un pétillement dans le regard!*) À la réflexion, oui, bien sûr! Avant de vous donner ces trois mots, laissez-moi vous narrer une anecdote. Il y a deux ou trois ans, je dédicaçais mes livres à l'occasion du Salon de la Biographie à Nîmes. Une dame vint me trouver et me dit d'un ton péremptoire : «Alors, vous ne m'aimez plus?». Surprise, je demandai pourquoi et elle me répondit en souriant qu'on ne trouvait plus en librairie mon livre *Je vous aime…* Une autre personne présente confirma qu'elle ne parvenait pas à remplacer le sien qu'elle avait prêté et qu'on ne lui avait pas rendu… Une responsable de Plon, mon éditeur, était présente lors de cette scène et me demanda de quoi il s'agissait. Je le lui expliquai. À quelque temps de là, Olivier Orban me téléphona et me proposa d'ajouter 50 pages à ce texte ancien de 30 ans et de le rééditer. Voilà, en bref, l'histoire de la parution de *Je vous aime… toujours!*

Vous aurez donc compris les trois mots que je souhaite offrir à mes lecteurs : « je vous aime ! ». Si vous m'aviez demandé quatre mots, j'aurais ajouté « toujours ! »

Pour conclure, parmi tous les livres que vous avez écrits, choisissez-en trois ou quatre qui vous touchent particulièrement en expliquant pourquoi ?
Ce n'est pas possible. Je les aime tous ! Et je suis si impatiente de connaître le… les prochains !

Propos recueillis par Hervé Pijac – Août 2004

---

[1] Le comédien Louis Velle, décédé en février 2023.
[2] Causses et Cévennes n° 2 / 2005.
[3] *Devenir ce qu'on est*, André Chamson in « Le livre des Cévennes », Omnibus, 2001, p. 823.
[4] *La Chambre de Goethe*, Frédérique Hébrard – Flammarion, 1981, p. 60-61.

Le mot... de la fin du Président d'ADA

par Francis Zamponi

Étant l'un des membres fondateurs de l'association *Autour des auteurs* et la présidant depuis de nombreuses années, j'ai évidemment été ravi d'apprendre que quatre *Adaïstes* – ceux de « l'équipe de pilotage » – se proposaient de publier un livre afin de marquer d'une pierre blanche le 20e anniversaire de l'association.

L'idée de présenter une compilation d'articles publiés dans notre revue numérique *Funambule* m'est apparue particulièrement judicieuse, d'autant que la richesse et la variété des thèmes abordés permettaient d'excellents choix et... que les instigateurs ont eu la « bienveillance » de retenir quelques-unes de mes participations !

Le Conseil d'administration du 2 avril 2024 a donc validé la réalisation de l'ouvrage et si vous parcourez ces lignes, c'est que, comme moi, vous êtes parvenus au terme de votre lecture. Et j'espère que, comme moi, vous y aurez pris plaisir.

C'était le but !

Table des matières

Les numéros associés aux titres des articles correspondent aux numéros de la revue *Funambule* dans laquelle ils ont été publiés.
www.autourdesauteurs.fr/revue-funambule/

1- D'une marge à l'autre

2- Forts en thèmes

3- Bouillon de culture

4- En tête à tête

5- Bouts de chemin

Illustrations

Peintures de Jacki Maréchal

collaborateur de Funambule

Jacki Maréchal a exposé dans des musées, des FIAC et des galeries dans la plupart des capitales européennes et dans le monde, il a été cité comme un des vingt meilleurs peintres de la *New York Affordable Art Fair* 2014. Il est soutenu par des personnalités importantes du monde de l'art.

http://jacki-marechal.com/